JOHANN PETER HEBEL
Glück und Verstand

Minutenlektüren

Ausgewählt und mit einem Nachwort
von Hansgeorg Schmidt-Bergmann und Franz Littmann

Jahresgabe der Literarischen Gesellschaft/Scheffelbund 2010

I Hoffmann und Campe I

1. Auflage 2009
Copyright © 2009 by Hoffmann und Campe Verlag, Hamburg
www.hoca.de
Einbandgestaltung: Katja Maasböl
Satz: Pinkuin Satz und Datentechnik, Berlin
Gesetzt aus der Weiss
Druck und Bindung: GGP Media GmbH, Pößneck
Printed in Germany
ISBN 978-3-455-40232-1

HOFFMANN
UND CAMPE

Ein Unternehmen der
GANSKE VERLAGSGRUPPE

Inhalt

Neujahrslied   9

Brief an Gottlieb Bernhard Fecht   11

Brief an Gustave Fecht   12

Mittel zu einem ehrlichen Auskommen   14

Glück und Unglück   15

Der Wasserträger   17

Drei Wünsche   20

Das Glück des Weisen   24

Weniger glückliche Umstände können leicht Argwohn
erregen   26

Der kürzeste Weg zum Reichtum   34

Kannitverstan   35

Der kann Deutsch   39

Missverstand   40

Seltsamer Spazierritt   41

Man muß mit den Wölfen heulen   42

Wie der Zundelfrieder eines Tages aus dem Zuchthaus
entwich und glücklich über die Grenzen kam   43

Glimpf geht über Schimpf   45

Die Juden   46

Das wohlfeile Mittagessen   60

Brief an Gustave Fecht   62

Geselligkeit   64

Wir können vieler Ding' entbehren   65

Über Gedichte von J. H. Voss   66

Dankbarkeit   67

Über die Verbreitung der Pflanzen   68

Betrachtung über ein Vogelnest   69

Ein Narr fragt viel   74

Dippel   75

Brief an Gottlieb und Sophie Haufe   76

Abendlied wenn man aus dem Wirtshaus geht   77

Freude in Ehren   79

Zum Erwerben eines Glücks gehört Fleiß und
Geduld   81

Einmal ist Keinmal   82

Tagebuch der Schweizerreise   84

Denkwürdigkeiten aus dem Morgenlande   87

Der silberne Löffel   90

Alles geht leichter   93

Suwarov   94

Moses Mendelson   95

Von dem barmherzigen Samariter   96

Brief an Gustave Fecht   98

In das Stammbuch von Frau Hendel-Schütz   99

Geister und Gespenster   100

Brief an Gustave Fecht   101

Vom Tabakrauchen   102

Der allezeit vergnügte Tabakraucher   106

Kürze und Länge des Lebens   107

Brief an Gustave Fecht   111

Brief an Sophie Haufe   114

Trost   115

Ewigkeit 116

Unverhofftes Wiedersehen 117

Nachwort 121

Zu dieser Ausgabe 125

Die Herausgeber 128

Neujahrslied

Mit der Freude zieht der Schmerz
Traulich durch die Zeiten.
Schwere Stürme, milde Weste,
Bange Sorgen, frohe Feste
Wandeln sich zur Seiten.

Und wo eine Träne fällt,
Blüht auch eine Rose.
Schon gemischt, noch eh' wir's bitten,
Ist für Thronen und für Hütten
Schmerz und Lust im Lose.

War's nicht so im alten Jahr?
Wird's im neuen enden?
Sonnen wallen auf und nieder,
Wolken gehn und kommen wieder,
Und kein Wunsch wird's wenden.

Gebe denn, der über uns
Wägt mit rechter Wage,
Jedem Sinn für seine Freuden,
Jedem Mut für seine Leiden
In die neuen Tage,

Jedem auf des Lebens Pfad
Einen Freund zur Seite,
Ein zufriedenes Gemüte
Und zu stiller Herzensgüte
Hoffnung ins Geleite!

Brief an Gottlieb Bernhard Fecht

[August 1810]

… In Baden trieb ich noch fünf Tage das große Spiel, nicht nur an der Tafel, sondern auch an der Bank, an letzterer so glücklich, daß ich diese fünf Tage nicht nur frei leben, sondern auch groß thun konnte. Als ich den Domestiken z. B. das Trinkgeld gab, sagte ich: »Ihr könnt nichts dafür, daß ich nicht auch ein Graf bin, Ihr sollt nicht darunter leiden. Ich bin gerecht.« Nichts ist angenehmer als der Contrast. Die Abende brachte ich im Bierhause unter den Kutschern und Lakayen der Grafen und Barone zu, mit welchen ich zu Mittag speiste …

Brief an Gustave Fecht

26. Aug. [1812] 12 Uhr

Aber bin ich nicht fromm und haben Sie mich nicht
schon recht gut gewöhnt? Ich sehne mich schon so
lange nach Nachrichten von Weil und sage kein Wort,
sondern bin still und sage nichts. Wenn ich nur noch
gevätterln könnte, aber es will mir nimmer anstehen, so
schrieb' ich alle Woche einen Brief an mich, als wenn
ihn die Jgfr. G. oder die Frau Vögtinn geschrieben hätte, und schrieb' auf die Adresse: an Herrn K. R. Hebel
in Karlsruhe. Hernach gehends am Sonntag brich ich
ihn wieder auf und lese ihn und schrieb' die Antwort.
Sie meinen, ich wär's nicht im Stand? O, ich habe ehe-
mals doch öfters ein Kartenspiel in kleine Häuflein
geteilt und mir zu dem einen davon jemand gedacht,
so z. B. Jungfer Gustave, und mit Ihnen aus dem Land
gespielt, hab mich auch wohl bisweilen heimlich betrogen, wenn es angieng, und Ihnen einen Stich gelassen,
der von rechtswegen mein gewesen wäre, damit Sie es
gewinnen sollten. Ich hatte immer Profit dabei, wenn
ich verspielte, und es war nicht bloß Galanterie, denn
weil ich Ihnen nie zahlen durfte (es gieng allemal um
einen Kreuzer), so trank ich ein Schöpplein Bier oder
zwey dafür, je nachdem und dachte: das schenkt mir
die I. G. …

Iezt noch ein Wörtlein, das wollen wir nicht auf
den Boden fallen lassen. Wer dem Glück kein Hand-

geld gibt, bei dem nimmt's keine Dienste. Bekanntlich wird der Goldbrunnen im Rösernthal, Kanton Basel, Bezirk Liestal, 24 000 Franken wert ausgespielt, das Los zu 6 Franken. Ein Los hab ich schon, aber ich möcht auch noch gerne eins mit Ihnen haben in die Hälfte und lieber das Gut gemeinschaftlich gewinnen als allein. Also wollen wir denn miteinander dupfen, wenn's Ihnen recht ist, nicht wahr? Und Sie kaufen das Los droben auf beiderseitige Rechnung, die I. G. soll das Los ziehen und die Frau Vögtinn soll beten und der Herr Vogt soll's besieben mit Sympathie. Oder ich will auch nur ein $\frac{1}{3}$ oder ein $\frac{1}{4}$ daran nehmen, wie Sie wollen. Sell isch mer ei tue! Wir setzen alsdann einen Pächter drauf und gehn im Sommer auf's Land und auf uns're Güter, sind wie die gnädgen Herrn, wie der Landvogt Fäsch und der Herr Gemuseus oder der Herr Kandidat vor dem Riehener Thor. Es läßt sich nicht spassen – Handumkehr wird's eben doch so seyn und nichts anders.

Herzlich Ihr Freund Hebel

Mittel zu einem ehrlichen Auskommen

Goldmacherei und Lotterie,
Nach reichen Weibern freien
Und Schätze graben, segnet nie;
Wird Manchen noch gereuen.
Mein Sprüchlein heißt: »Auf Gott vertrau!
Arbeite brav und leb genau.«

Glück und Unglück

Auf eine so sonderbare Weise ist Glück im Unglück und Unglück im Glück noch selten beisammen gewesen wie in dem Schicksal zweier Matrosen in dem letzten Seekrieg zwischen den Russen und Türken. Denn in einer Seeschlacht, als es sehr hitzig zuging, die Kugeln sausten, die Bretter und Mastbäume krachten, die Feuerbrände flogen, da und dort brach auf einem Schiff die Flamme aus und konnte nicht gelöscht werden. Es muß schrecklich sein, wenn man keine andere Wahl hat, als dem Tod ins Wasser entgegenzuspringen oder im Feuer zu verbrennen. Aber unsern zwei russischen Matrosen wurde die Wahl erspart. Ihr Schiff fing Feuer in der Pulverkammer, und flog mit entsetzlichem Krachen in die Luft. Beide Matrosen wurden mit in die Höhe geschleudert, wirbelten unter sich und über sich in der Luft herum, fielen nahe hinter der feindlichen Flotte wieder ins Meer hinab, und waren noch lebendig und unbeschädigt, und das war ein Glück. Allein die Türken fuhren jetzt wie die Drachen auf sie heraus, zogen sie wie nasse Mäuse aus dem Wasser, und brachten sie in ein Schiff; und weil es Feinde waren, so war der Willkomm kurz. Man fragte sie nicht lange, ob sie vor ihrer Abreise von der russischen Flotte schon zu Mittag gegessen hätten oder nicht, sondern man legte sie in den untersten feuchten und dunkeln Teil des Schiffes an Ketten, und das war kein Glück. Unterdessen sausten die Kugeln fort, die

15

Bretter und Mastbäume krachten, die Feuerbrände flogen, und paff! sprang auch das türkische Schiff, auf welchem die Gefangenen waren, in tausend Trümmern in die Luft. Die Matrosen flogen mit, kamen wieder neben der russischen Flotte ins Wasser herab, wurden eilig von ihren Freunden hineingezogen und waren noch lebendig, und das war ein großes Glück. Allein für diese wiedererhaltene Freiheit und für das zum zweitenmal gerettete Leben mußten diese guten Leute doch ein teures Opfer geben, nämlich die Beine. Diese Glieder wurden ihnen beim Losschnellen von den Ketten, als das türkische Schiff auffuhr, teils gebrochen, teils jämmerlich zerrissen, und mußten ihnen, sobald die Schlacht vorbei war, unter dem Knie weg abgenommen werden, und das war wieder ein großes Unglück. Doch hielten beide die Operation aus, und lebten in diesem Zustande noch einige Jahre. Endlich starb doch einer nach dem andern, und das war nach allem, was vorhergegangen war, nicht das Schlimmste.

Diese Geschichte hat ein glaubwürdiger Mann bekannt gemacht, welcher beide Matrosen ohne Beine selber gesehen, und die Erzählung davon aus ihrem eigenen Munde gehört hat.

Der Wasserträger

In Paris holt man das Wasser nicht am Brunnen. Wie dort alles ins Große getrieben wird, so schöpft man auch das Wasser Ohmweise in dem Strom der hindurch fleußt in der Seine, und hat eigene Wasserträger, arme Leute, die Jahr aus, Jahr ein, das Wasser in die Häuser bringen und davon leben. Denn man müßte viel Brunnen graben für fünfmal hunderttausend Menschen in Einer Stadt ohne das unvernünftige Vieh. Auch hat das Erdreich dort kein ander trinkbares Wasser, solches ist auch eine Ursache, daß man keine Brunnen gräbt.

Zwei solche Wasserträger verdienten ihr Stücklein Brot und tranken am Sonntag ihr Schöpplein mit einander manches Jahr, auch legten sie immer etwas weniges von dem Verdienst zurück und setztens in die Lotterie.

Wer sein Geld in die Lotterie trägt, trägts in den Rhein. Fort ists. Aber bisweilen läßt das Glück unter viel Tausenden einen etwas namhaftes gewinnen, und trompetet dazu, damit die andern Toren wieder gelockt werden. Also ließ es auch unsere zwei Wasserträger auf einmal gewinnen, mehr als 100000 Livres. Einer von ihnen, als er seinen Anteil heimgetragen hatte, dachte nach. Wie kann ich mein Geld sicher anlegen? Wie viel darf ich des Jahrs verzehren, daß ichs aushalte und von Jahr zu Jahr noch reicher werde, bis ichs nimmer zählen kann? Und wie ihn seine Überlegung ermahnte, so tat er, und ist jetzt ein steinreicher Mann, und ein guter Freund des Hausfreunds kennt ihn.

Der andere sagte: »Wohl will ich mirs auch werden lassen für mein Geld, aber meine Kunden geb ich nicht auf, dies ist unklug«, sondern er nahm auf ein Vierteljahr einen an, einen Adjunkt, wie der Hausfreund, der so lang sein Geschäft verrichten mußte, als er reich war. Denn er sagte, in einem Vierteljahr bin ich fertig. Also kleidet er sich jetzt in die vornehmste Seide, alle Tage ein anderer Rock, eine andere Farbe, einer schöner als der andere, ließ sich alle Tage frisieren, sieben Locken über einander, zwei Finger hoch mit Puder bedeckt, mietete auf ein Vierteljahr ein prächtiges Haus, ließ alle Tage einen Ochsen schlachten, sechs Kälber, zwei Schweine für sich und seine guten Freunde, die er zum Essen einladete und für die Musikanten. Vom Keller bis in das Speiszimmer standen zwei Reihen Bediente und reichten sich die Flaschen, wie man die Feuereimer reicht bei einem Brand, in der einen Reihe die leeren Flaschen, in der andern die vollen.

Den Boden von Paris betrat er nimmer, sondern wenn er in die Komödie fahren wollte, oder ins Palais royal, so mußten ihn sechs Bedienten in die Kutsche hineintragen und wieder hinaus. Überall war er der gnädige Herr, der Herr Baron, der Herr Graf, und der verständigste Mann in ganz Paris. Als er aber noch drei Wochen vor dem Ende des Vierteljahrs in den Geldkasten griff, um eine Hand voll Dublonen, ungezählt und unbeschaut herauszunehmen, als er schon auf den Boden der Kiste griff, sagte er: Gottlob, ich werde geschwinder fertig als ich gemeint habe. Also bereitete er sich und seinen Freunden noch einen lustigen Tag, wischte alsdann den Rest seines Reichtums in der Kiste zusammen, schenkte es seinem Adjunkt und gab ihm den Abschied. Denn am andern Tag ging er selber wieder an sein altes Geschäft, trägt jetzt Wasser in die Häuser, wie vorher, wieder so lustig und zufrieden, wie vorher. Ja er bringt das Wasser selbst seinem ehemaligen Kameraden, nimmt ihm aus alter Freundschaft nichts dafür ab, und lacht ihn aus.

Der Hausfreund denkt etwas dabei; aber er sagt's nicht.

Drei Wünsche

Ein junges Ehepaar lebte recht vergnügt und glücklich beisammen, und hatte den einzigen Fehler, der in jeder menschlichen Brust daheim ist: Wenn man's gut hat, hätt' man's gerne besser. Aus diesem Fehler entstehen so viele törichte Wünsche, woran es unserm Hans und seiner Lise auch nicht fehlte. Bald wünschten sie des Schulzen Acker, bald des Löwenwirts Geld, bald des Meiers Haus und Hof und Vieh, bald einmal hunderttausend Millionen bayerische Taler kurz weg. Eines Abends aber, als sie friedlich am Ofen saßen und Nüsse aufklopften, und schon ein tiefes Loch in den Stein hineingeklopft hatten, kam durch die Kammertür ein weißes Weiblein herein, nicht mehr als einer Ehle lang, aber wunderschön von Gestalt und Angesicht, und die ganze Stube war voll Rosenduft. Das Licht löschte aus, aber ein Schimmer wie Morgenrot, wenn die Sonne nicht mehr fern ist, strahlte von dem Weiblein aus, und überzog alle Wände. Über so etwas kann man nun doch ein wenig erschrecken, so schön es aussehen mag. Aber unser gutes Ehepaar erholte sich doch bald wieder, als das Fräulein mit wundersüßer silberreiner Stimme sprach: »Ich bin eure Freundin, die Bergfey, Anna Fritze, die im kristallenen Schloß mitten in den Bergen wohnt, mit unsichtbarer Hand Gold in den Rheinsand streut, und über siebenhundert dienstbare Geister gebietet. Drei Wünsche dürft ihr tun; drei Wünsche sollen erfüllt werden.« Hans drückte den Ellenbogen an den Arm seiner Frau, als ob er sagen wollte: Das lautet nicht übel. Die Frau aber war schon im Begriff, den Mund zu öffnen und etwas von ein paar Dutzend goldgestickten Kappen, seidenen Halstüchern und dergleichen zur Sprache zu bringen, als die Bergfey sie mit auf gehobenem Zeigefinger warnte: Acht Tage lang, sagte sie, habt ihr Zeit. Bedenkt euch wohl, und übereilt euch nicht. Das ist kein Fehler, dachte der Mann, und legte seiner Frau die Hand auf den Mund. Das Bergfräulein aber verschwand. Die Lampe brannte wie vorher, und statt des Rosenduft's zog wieder wie eine Wolke am Himmel der Öldampf durch die Stube.

So glücklich nun unsere guten Leute in der Hoffnung schon zum Voraus waren, und keinen Stern mehr am Himmel sahen, sondern lauter Baßgeigen; so waren sie jetzt doch recht übel dran, weil sie vor lauter Wunsch nicht wußten, was sie wünschen wollten, und nicht einmal das Herz hatten, recht daran zu denken oder davon zu sprechen, aus Furcht, es möchte für gewünscht passieren, ehe sie es genug überlegt hätten. Nun sagte die Frau: Wir haben ja noch Zeit bis am Freitag.

Des andern Abends, während die Grundbirn zum Nachtessen in der Pfanne prasselten, standen beide, Mann und Frau, vergnügt an dem Feuer beisammen, sahen zu, wie die kleinen Feuerfünklein an der rußigen Pfanne hin und her züngelten, bald angingen, bald auslöschten, und waren, ohne ein Wort zu reden, vertieft in ihrem künftigen Glück. Als sie aber die gerösteten Grundbirn aus der Pfanne auf das Plättlein anrichteten, und ihr der Geruch lieblich in die Nase stieg: – »Wenn wir jetzt nur ein gebratenes Würstlein dazu hätten«, sagte sie in aller Unschuld, und ohne an etwas anders zu denken, und – o weh, da war der erste Wunsch getan. – Schnell, wie ein Blitz kommt und vergeht, kam es wieder wie Morgenrot und Rosenduft untereinander durch das Kamin herab, und auf den Grundbirn lag die schönste Bratwurst. – Wie gewünscht, so geschehen. – Wer sollte sich über einen solchen Wunsch und seine Erfüllung nicht ärgern? Welcher Mann über solche Unvorsichtigkeit seiner Frau nicht unwillig werden?

»Wenn dir doch nur die Wurst an der Nase angewachsen wäre«, sprach er in der ersten Überraschung, auch in aller Unschuld, und ohne an etwas anders zu denken – und wie gewünscht, so geschehen. Kaum war das letzte Wort gesprochen, so saß die Wurst auf der Nase des guten Weibes fest, wie angewachsen in Mutterleib, und hing zu beiden Seiten hinab wie ein Husaren-Schnauzbart.

Nun war die Not der armen Eheleute erst recht groß. Zwei Wünsche waren getan und vorüber, und noch waren sie um keinen Heller und um kein Weizenkorn, sondern nur um eine böse Bratwurst reicher. Noch war ein Wunsch zwar übrig. Aber was half nun aller Reichtum und alles Glück zu einer solchen Nasenzierat der Hausfrau? Wollten sie wohl oder übel, so mußten

sie die Bergfey bitten, mit unsichtbarer Hand Barbiers-
dienste zu leisten, und Frau Lise wieder von der verma-
ledeiten Wurst zu befreien. Wie gebeten, so geschehn,
und so war der dritte Wunsch auch vorüber, und die
armen Eheleute sahen einander an, waren der nämliche
Hans und die nämliche Lise nachher wie vorher, und
die schöne Bergfey kam niemals wieder.

Merke: Wenn dir einmal die Bergfey also kommen
sollte, so sei nicht geizig, sondern wünsche

Numero Eins: Verstand, daß du wissen mögest, was
du

Numero Zwei wünschen sollest, um glücklich zu
werden. Und weil es leicht möglich wäre, daß du alsdann etwas wähltest, was ein törichter Mensch nicht
hoch anschlägt, so bitte noch

Numero Drei: um beständige Zufriedenheit und
keine Reue:

Oder so:

Alle Gelegenheit, glücklich zu werden, hilft nichts,
wer den Verstand nicht hat, sie zu benutzen.

Das Glück des Weisen

Weise ist der Mann, der aus den Händen des Glücks nicht mehr verlangt, als er bedarf, und der seine Ruhe nicht in der Befriedigung, sondern in der Mäßigung seiner Begierden sucht. Kann er sich auch nicht in Seide und Purpur hüllen, er will nur seine Blöße decken. Reizen auch Indiens Gewürze und Zyperns Weine seinen Gaumen nicht: er will nur seinen Körper nähren und seine Kräfte unterstützen. Keine Marmorsäulen tragen sein Dach, aber es schützt ihn gegen die Stürme des Himmels. Er wird nicht unter den Reichen, nicht unter den Angesehenen seines Volkes gepriesen, ihm genügt der Name eines guten Menschen, eines friedlichen Bürgers, eines treuen Familienvaters. Er sieht sich nicht von Schmeichlern umlagert, kein Schwarm von Dienern wartet auf seine Befehle, keine Klienten huldigen ihm, keine Fremden dringen sich zu seiner Bekanntschaft, ihm genügt ein Freund. Um sich sein mäßiges Glück zu gönnen, gönnt er jedem andern sein großes.

Das wahre und sichere Glück des Lebens liegt nicht außer uns, sondern in uns; nicht in den Goldkisten, nicht in dem Adelsbriefe, nicht in dem schäumenden Pokal, sondern im ruhigen zur Freude rein gestimmten Herzen. Wer mit einer Brust voll ungeziemter brennender Leidenschaft seine Ruhe im Reichtum oder in dem Stande sucht, findet sie nie. Er hat eine Million gehäuft, und findet sie nicht; er häuft die zweite, und findet sie noch nicht. Er ist aus dem Staube in die Ratsstube, in das Kabinett des Fürsten, an die Spitze einer Armee, auf den Thron gestiegen. Immer höher und nie erreichbar stieg sie vor ihm auf, je höher er selber stieg. Selbst auf dem Thron sitzt sie nur für den, der sie auf den Thron mitbringt. Nur der Zufriedene, der seine Wünsche auf das beschränkt, was Natur und Glück und Fleiß ihm gewährt, und in dem Besitz und Genuß dessen seine Wünsche befriedigt sieht, nur er hat Ruhe und für die Freude des Lebens einen offenen Sinn. Nur ihm lächelt der Frühling und seine Blüten, ihm schwanken die Gipfel des Blütenhains in der kraftbewegten Luft, ihm flüstert die vertrauliche Quelle. Sanfter Schlummer besucht seine Lagerstätte, während auf seidenen Polstern den Reichen die Sorgen, den Ehrsüchtigen der Neid, den Schwächling die Sünden quälen und der Ausschweifende in lärmenden Sälen sich zum Schwächling entkräftet; und mit leichtem Sinn und leichtem Herzen wacht er am Morgen auf, begrüßt die wiederkehrende Sonne und hat ein offenes Herz für alle neuen Freuden der Natur.

Um sich sein gemäßigtes Glück zu gönnen, gönnt er jedem andern sein größeres. Dankbar und mit Vertrauen blickt er zum Himmel auf, der die Wage des Schicksals hält. Ohne Reue schaut er in die Vergangenheit, ohne Furcht in die Zukunft. Untreu ist jeder andere Besitz, unentreißbar nur der, den wir im Herzen tragen.

Weniger glückliche Umstände können leicht Argwohn erregen

[Lateinische Rede vom 26. Juli 1776]

Erhabener Herr Rektor! Hochgeehrte Kommilitonen!

Obwohl Euer Anblick mich zweifellos aufrichten und zum Sprechen anregen muß, geht mir doch etwas durch den Kopf, was mich so ängstlich und besorgt macht, daß ich – ginge ich nicht von Eurer einzigartigen Menschenfreundlichkeit aus – eher Schweigen als Reden für angemessen halten würde. Es ist mir nämlich völlig klar, wie mißlich es ist, daß ich unter Männern, die im höchsten Maße über die lateinische Sprache verfügen, auftrete und rede, wo ich doch zu Recht erst ein Anfänger in dieser Sprache bin. Ich möchte Euch also in tiefster Ergebenheit gebeten haben, Ihr möget mir, wenn ich nun meine Erörterung vortrage, gütigst Gehör gewähren und mir gnädig dasselbe Wohlwollen erweisen, daß Ihr andern erwiesen habt, die vor mir an dieser Stelle gesprochen haben.

Es ist zwar, Hochgeehrte Zuhörer, ganz allgemein üblich, zu sagen: »So viel Köpfe, so viel Meinungen« und »Jedem erscheint das Seine schön«. Doch ist zu beobachten, daß alle Menschen, wie verschieden sie in ihren Anlagen und in ihrem Charakter sein mögen, darin übereinstimmen, daß sie sich alle ein glückliches, ruhiges Leben wünschen. Jeden erfüllt, wenn Anstren-

gungen hinter ihm liegen, die Sehnsucht nach Ruhe.
Unter die so zahlreichen Arten von Glück und Wohlsein muß man nämlich, wie ich denke, vor allem die
Ruhe des Gemüts zählen, das nicht von schlechtem
Gewissen, nicht von schändlicher Raffgier, nicht von
maßlosem Drang der Leidenschaften, nicht von Furcht
vor Nachstellungen der Feinde aufgewühlt wird. Denn:
Denkt Euch einen Menschen, der ständig von den Fu-
rien seines schlechten Gewissens gejagt wird und nichts
vor Augen hat als die Strafe für seine Untaten; wie unglücklich ist die Lage dieses Menschen!

Denkt Euch bitte einen, der nichts unversucht läßt,
gewaltige Schätze zu erwerben, der nicht nur von der
Gier, seinen Besitz zu vermehren, sondern auch von
der Furcht, ihn zu verlieren, gequält wird, der mitten
im größten Reichtum arm und bedürftig ist, der über
seiner eifrigen Liebe zum Erwerb alt wird und stirbt, der
seine Besitztümer mit solcher Gier festhält, daß man
eher seine Körperteile von ihnen abtrennen als ihm
irgend etwas wegnehmen könnte; der ist gewiß unter
dem Zorn der Götter geboren, der verdient gewiß, als
bemitleidenswert zu gelten!

Stellt Euch einen vor, der von seinen Leidenschaften mit vollen Segeln überallhin getrieben wird, wohin
der gräßliche Sturm seiner Lüste ihn drängt; der erlei-
det durch sein übermäßiges Streben nicht nur sehr viele
Unannehmlichkeiten, sondern gerät am Ende sogar in
eine Katastrophe!

Denkt Euch schließlich einen, der sich nirgends in Sicherheit glaubt, der von unbegründeter, nur eingebildeter Angst vor Nachstellungen und Fallen seiner Feinde gepeinigt wird; wenn irgend etwas, ist diese Furcht zweifellos von der Art, daß sie unserem Gemüt alle Heiterkeit, Gelassenheit und Ruhe nimmt!

Und man muß, denke ich, die Neigung des Menschen zum Argwohn umso mehr beklagen, als die von einem feindseligen Geschick Betroffenen ihre Not durch Argwohn noch verschlimmern. Das ist eine Tatsache, die es verdient, daß wir auf sie näher eingehen; und das habe ich mir jetzt vorgenommen.

Ein Grund für Argwohn kann für uns, wie für andere, ein Mißgeschick sein. Es ist wirklich ein allgemeiner, in den Herzen aller Menschen sitzender Makel: der gegenseitige Neid und Haß ist derart stark, daß wir zuweilen mit Recht argwöhnisch werden und uns vor den Übergriffen anderer zu schützen suchen.

Das gibt es nur beim Menschen, wahrlich kein einziges Tier muß es hinnehmen, von anderen zuweilen mit hartnäckigem Haß und Neid verfolgt zu werden. Es ist wirklich staunenswert, daß der Mensch sich nur vor demjenigen Lebewesen, das als einziges nach dem Bilde Gottes geschaffen, als einziges mit einer heiteren Stirn und freundlichen Augen ausgestattet ist, als einziges auch mit Verstand und Sprache, – zwei Gaben, die wahrhaftig zur Freundschaft führen könnten – daß wir uns nur vor diesem Lebewesen in acht nehmen müssen.

So werden wir uns nicht wundern, daß es überall Argwohn gibt.

Auf zweifache Weise aber kann ein Unglücklicher besonders zum Argwohn geführt werden.

Erstens so: Wenn jemand von der höchsten Höhe des Glücks, des Ruhms und der Ehre auf die niedrigste Stufe abgestürzt ist, erhebt sich sogleich ein Argwohn in ihm, und zwar, als wenn einer ihm das aus Neid angetan hätte. Und das ist nicht erstaunlich, denn seitdem die ganze menschliche Natur durch einen allgemeinen Einfluß verdorben ist, glimmt immer ein Funke von bösem, ja sehr bösem Argwohn in uns, so daß wir, selbst wenn wir nicht einmal den geringsten Anlaß zu Argwohn haben, immer glauben, einer wolle uns so, ein anderer so schaden und Fallen stellen. Und wenn wir, Hochgeehrte Zuhörer, geschichtliche Werke über die Ereignisse unserer Zeit und über lange zurückliegende Ereignisse prüfen wollten, welch eine Fundgrube von Beispielen würde sich uns da auftun! Nun bedenkt bitte: Wenn der Mensch schon ohne jeden Grund so zum Argwohn geneigt ist, wie groß muß sein Argwohn erst werden – was meint Ihr? –, wenn etwas dazukommt, was ihm nicht ganz ehrlich erscheint. Schon glaubt er, einer habe ihn aus Neid auf seinen früheren Glanz gestürzt, und wenn er etwas verliert, erhebt sich sofort der Verdacht in ihm, dieser oder jener habe es ihm heimlich entwendet. So legt er immer alles übel aus.

Die zweite Art von Argwohn, die aufgrund unseres

Unglücks in uns entsteht, ist die, daß wir wegen unserer weniger günstigen Umstände von andern verachtet und verspottet zu werden glauben. Zwar gibt es welche, die so von Hochmut gebläht sind, daß sie auf alle, die mit einem geringeren Lebenslos geboren sind, verächtlich herabschauen; aber es fehlt viel, daß deshalb alle von allen so leichtfertig verachtet würden. Wer hat denn auch, bitteschön, so wenig edelmütiges Blut, daß er so tief sinken würde, den, der durchaus eher Mitleid als Verachtung verdient, so leichtfertig geringzuschätzen? Außerdem erweckt in einem Menschen seine Macht-losigkeit Argwohn, er fürchtet, einer könnte ihn, weil er selbst ihm nicht schaden könne, bösartig angreifen, und deutet alles, selbst das, was ihn gar nicht angeht, als solle es ihn demütigen und zum Besten haben. Und so entstehen in ihm auf vielfältigste Weise verschiede-ne Verdächtigungen. Damit wird zur Genüge klar sein, wie viele und wie schwere Arten von Argwohn in einem Unglücklichen aufgrund seines Unglücks entstehen können. Was die zweite Art von Argwohn, die aufgrund unseres Unglücks entsteht, angeht, die mit der ersten fast gleich ist und etwa dieselben Auswirkungen hat, so entsteht sie wohl aus derselben Ursache. Deshalb will ich über diese beiden Arten nur noch wenig hinzufü-gen und dann einiges wenige über die Schädlichkeit der Verdächtigungen und die Art und Weise, sie zu vermei-den, anschließen.

Es kommt öfter vor, daß einer, dem wir etwas an-

vertraut haben, uns durch seine Böswilligkeit oder Un-
erfahrenheit oder auf eine andere Art enttäuscht; es geschieht öfter, daß wir, von einer Krankheit befallen, die
Behandlung einem Arzt überlassen, der so wenig von
der Heilkunst versteht, daß er nichts leistet, außer Geld
zu kassieren und den Kranken in weit schlimmerem Zustand zurückzulassen, als er ihn angetroffen hat. Öfter
überlassen wir einem etwas zur Aufbewahrung; wenn
wir es aber zurückfordern, hat er's zugrunde gerichtet
oder verstreut und leugnet, es erhalten zu haben. Wenn
wir so getäuscht und betrogen worden sind, werden
wir zwangsläufig am Ende argwöhnisch. So geschieht
es nicht selten, daß einer, dem die Glücksgöttin weniger gewogen ist, in dem Fall, daß die Leistungen, die er
uns versprochen hat, weniger gut ausfallen, als Betrüger
gilt, er mag noch so anständig sein. Wenn jemandem
etwas gestohlen wird, wirft er seinen Verdacht nur auf
einen, der geringe Mittel, keine Möglichkeiten, nur wenige Freunde und einen ärmlichen Hausstand hat, denn
den bringt seine drückende Lage leicht dahin, daß er,
wie man sagt, seine Sichel an eine fremde Saat legt, mit
der er sich sein trauriges, drückendes Leben zu erleichtern hofft. Dann können Menschen auch so weit gehen,
zu argwöhnen, daß wir unsererseits sie wegen unseres
Unglücks in Verdacht haben. Wie das geschehen kann,
habe ich schon im ersten Teil meiner Rede dargelegt.
Wie wir nämlich, sobald einer nicht freundlich mit uns
redet oder uns mit grimmigem Blick ansieht, sofort

argwöhnen, er mißachte uns wegen unseres Unglücks völlig, ebenso werden andere, wenn wir ihnen dasselbe antun, sofort glauben, wir hätten einen Argwohn gegen sie. Ferner kann ein anderer, wenn er sich wirklich einer glücklichen Lage erfreut, zu dem Argwohn kommen, wir beneideten ihn. Öfter nämlich geschieht es – das kann niemand bestreiten –, daß sich in uns wegen der günstigen Umstände anderer ein Verdacht erhebt. Das ist fürwahr ein menschenunwürdiges Verhalten. Denn alle anderen seelischen Störungen ergeben sich aus der Schwäche der menschlichen Natur, dieses Verhalten aber aus einer verkehrten Neigung der Menschen und aus rücksichtsloser Bosheit. Der Neid stürzt uns, wie man sagt, von unserer Höhe, und noch den letzten Rest der Menschennatur scheint derjenige abgestreift zu haben, der mit neiderfüllter Bosheit anderen eine Grube gräbt. Und doch hat dieser verhängnisvolle Frevel die ganze Welt schon so sehr durchdrungen, daß er nicht mehr als Frevel gilt.

Und wer kennt sich so wenig im Altertum aus, wer ist so wenig bewandert in den geschichtlichen Werken über frühere Zeiten, daß er sich nicht an sehr viele tragische Folgen des Neids erinnern kann? Wem ist das Schicksal sehr vieler Feldherren der Griechen nicht zur Genüge bekannt, denen, nachdem sie tapfer gekämpft und ihre Vaterstadt von der Unterdrückung durch Tyrannen befreit hatten, der Neid ihrer Bürgerschaft – vorher hatten sie am Steuer des Staatsschiffs gesessen – nun

32

nicht einmal mehr in dessen Kielwasser einen Platz ließ, vielmehr meistens ebendie aus der Vaterstadt hinauswarf, durch deren Bemühung sie gerettet worden war. Alles übrige hat diese Art von Argwohn mit den zuvor besprochenen Arten gemeinsam. Und so halte ich es für überflüssig, das zu wiederholen. Ich habe gesprochen.

Der kürzeste Weg zum Reichtum

Der kürzeste Weg zum Reichtum geht über die Verachtung der Reichtümer.

Der ist ein großer Geist, der sich der Gottheit ergeben hat; aber klein und entartet der, welcher widerstrebt und von der Einrichtung der Welt übel urteilt und lieber Gott als sich selbst meistern will.

Wie derjenige töricht ist, der ein Pferd kaufen will und nicht es selbst, sondern den Sattel und Zaum besieht, so ist der der größte Tor, der den Menschen nach dem Kleid oder dem Stande schätzt, womit wir wie mit einem Kleide angetan sind.

Mäßig genossene Dinge nähren und erhalten das Leben; überflüssig genossene schaden durch ihren Überfluß. So legt ein zu fetter Boden die Saat darnieder, so brechen überladene Äste ab, so gedeiht übergroße Fruchtbarkeit nie zur Reife.

Kannitverstan

Der Mensch hat wohl täglich Gelegenheit, in Emmendingen und Gundelfingen, so gut als in Amsterdam Betrachtungen über den Unbestand aller irdischen Dinge anzustellen, wenn er will, und zufrieden zu werden mit seinem Schicksal, wenn auch nicht viel gebratene Tauben für ihn in der Luft herum fliegen. Aber auf dem seltsamsten Umweg kam ein deutscher Handwerksbursche in Amsterdam durch den Irrtum zur Wahrheit und zu ihrer Erkenntnis. Denn als er in diese große und reiche Handelsstadt, voll prächtiger Häuser, wogender Schiffe und geschäftiger Menschen, gekommen war, fiel ihm sogleich ein großes und schönes Haus in die Augen, wie er auf seiner ganzen Wanderschaft von Duttlingen bis nach Amsterdam noch keines erlebt hatte. Lange betrachtete er mit Verwunderung dies kostbare Gebäude, die 6 Kamine auf dem Dach, die schönen Gesimse und die hohen Fenster, größer als an des Vaters Haus daheim die Tür. Endlich konnte er sich nicht entbrechen, einen Vorübergehenden anzureden. »Guter Freund, redete er ihn an, könnt Ihr mir nicht sagen, wie der Herr heißt, dem dieses wunderschöne Haus gehört mit den Fenstern voll Tulipanen, Sternenblumen und Levkoien?« – Der Mann aber, der vermutlich etwas wichtigeres zu tun hatte, und zum Unglück gerade so viel von der deutschen Sprache verstand, als der Fragende von der holländischen, nämlich Nichts, sagte kurz und

schnauzig: Kannitverstan, und schnurrte vorüber. Dies
war nun ein holländisches Wort, oder drei, wenn mans
recht betrachtet, und heißt auf deutsch soviel, als: Ich
kann Euch nicht verstehn. Aber der gute Fremdling
glaubte, es sei der Name des Mannes, nach dem er gefragt hatte. Das muß ein grundreicher Mann sein, der
Herr Kannitverstan, dachte er, und ging weiter. Gaß aus
Gaß ein kam er endlich an den Meerbusen, der da heißt:
Het Ey, oder auf deutsch: das Ypsilon. Da stand nun
Schiff an Schiff, und Mastbaum an Mastbaum, und er
wußte anfänglich nicht, wie er es mit seinen zwei einzigen Augen durchfechten werde, alle diese Merkwürdig-
keiten genug zu sehen und zu betrachten, bis endlich
ein großes Schiff seine Aufmerksamkeit an sich zog,
das vor kurzem aus Ostindien angelangt war, und jetzt
eben ausgeladen wurde. Schon standen ganze Reihen
von Kisten und Ballen auf- und nebeneinander am Lande. Noch immer wurden mehrere herausgewälzt, und
Fässer voll Zucker und Kaffee voll Reis und Pfeffer, und
salveni Mausdreck darunter. Als er aber lange zugesehn
hatte, fragte er endlich einen der eben eine Kiste auf
der Achsel heraus trug, wie der glückliche Mann hei-
ße, dem das Meer alle diese Waren an das Land bringe.
»Kannitverstan«, war die Antwort. Da dachte er: Haha,
schauts da heraus? Kein Wunder, wem das Meer solche
Reichtümer an das Land schwemmt, der hat gut solche
Häuser in die Welt stellen, und solcherlei Tulipanen
vor die Fenster in vergoldeten Scherben. Jetzt ging er

wieder zurück, und stellte eine recht traurige Betrachtung bei sich selbst an, was er für ein armer Teufel sei unter so viel reichen Leuten in der Welt. Aber als er eben dachte: Wenn ichs doch nur auch einmal so gut bekäme, wie dieser Herr Kannitverstan es hat, kam er um eine Ecke, und erblickte einen großen Leichenzug. Vier schwarz vermummte Pferde zogen einen ebenfalls schwarz überzogenen Leichenwagen langsam und traurig, als ob sie wüßten, daß sie einen Toten in seine Ruhe führten. Ein langer Zug von Freunden und Bekannten des Verstorbenen folgte nach, Paar und Paar, verhüllt in schwarze Mäntel, und stumm. In der Ferne läutete ein einsames Glöcklein. Jetzt ergriff unsern Fremdling ein wehmütiges Gefühl, das an keinem guten Menschen vorübergeht, wenn er eine Leiche sieht, und blieb mit dem Hut in den Händen andächtig stehen, bis alles vorüber war. Doch machte er sich an den Letzten vom Zug, der eben in der Stille ausrechnete, was er an seiner Baumwolle gewinnen könnte, wenn der Zentner um 10 Gulden aufschlüge, ergriff ihn sachte am Mantel, und bat ihn treuherzig um Excüse. »Das muß wohl auch ein guter Freund von Euch gewesen sein, sagte er, dem das Glöcklein läutet, daß Ihr so betrübt und nachdenklich mitgeht.« Kannitverstan! war die Antwort. Da fielen unserm guten Duttlinger ein paar große Tränen aus den Augen, und es ward ihm auf einmal schwer und wieder leicht ums Herz. Armer Kannitverstan, rief er aus, was hast du nun von allem deinem Reichtum? Was ich

37

einst von meiner Armut auch bekomme: ein Totenkleid und ein Leintuch, und von allen deinen schönen Blumen vielleicht einen Rosmarin auf die kalte Brust, oder eine Raute. Mit diesen Gedanken begleitete er die Leiche als wenn er dazu gehörte, bis ans Grab, sah den vermeinten Herrn Kannitverstan hinabsenken in seine Ruhestätte, und ward von der holländischen Leichenpredigt, von der er kein Wort verstand, mehr gerührt, als von mancher deutschen, auf die er nicht acht gab. Endlich ging er leichten Herzens, mit den andern wieder fort, verzehrte in einer Herberge, wo man Deutsch verstand, mit gutem Appetit ein Stück Limburger Käse, und, wenn es ihm wieder einmal schwer fallen wollte, daß so viele Leute in der Welt so reich seien, und er so arm, so dachte er nur an den Herrn Kannitverstan in Amsterdam, an sein großes Haus, an sein reiches Schiff, und an sein enges Grab.

Der kann Deutsch

Bekanntlich gibt es in der französischen Armee viele Deutschgeborne, die es aber im Feld und im Quartier nicht immer merken lassen. Das ist alsdann für einen Hauswirt, der seinen Einquartierten für einen Stockfranzosen hält, ein groß Kreuz, wenn er nicht Französisch mit ihm reden kann. Aber ein Bürger in Salzwedel, der im letzten Krieg einen Sundgauer im Quartier hatte, entdeckte von ohngefähr ein Mittel, wie man bald dahinter kommt. Der Sundgauer parlierte lauter Foutre diable, forderte mit dem Säbel in der Faust immer etwas anders, und der Salzwedler wußte nie, was? Hätt's ihm gern gegeben, wenn er gekonnt hätte. Da sprang er in der Not in seines Nachbars Haus, der sein Gevatter war und ein wenig Französisch kann, und bat ihn um seinen Beistand. Der Gevatter sagte: »Er wird aus der Dauphine sein, ich will schon mit ihm zurecht kommen.« Aber weit gefehlt. War's vorher arg, so war's jetzt ärger. Der Sundgauer machte Forderungen, die der gute Mann nicht zu befriedigen wußte, so daß er endlich im Unwillen sagte: »Das ist ja der vermaledeitste Spitzbube, mit dem mich der Bolettenschreiber noch heimgesucht hat.« Aber kaum war das unvorsichtige Wort heraus, so bekam er von dem vermeinten Stockfranzosen eine ganz entsetzliche Ohrfeige. Da sagte der Nachbar: »Gevattermann! Nun laßt Euch nimmer Angst sein, der kann Deutsch.«

Missverstand

Im 90er Krieg, als der Rhein auf jener Seite von französischen Schildwachen, auf dieser Seite von schwäbischen Kreis-Soldaten besetzt war, rief ein Franzos zum Zeitvertreib zu der deutschen Schildwache herüber: Filu! Filu! Das heißt auf gut deutsch: Spitzbube. Allein der ehrliche Schwabe dachte an nichts so Arges, sondern meinte, der Franzose frage: Wie viel Uhr? und gab gutmütig zur Antwort: halber vieri.

Seltsamer Spazierritt

Ein Mann reitet auf seinem Esel nach Haus und läßt seinen Buben zu Fuß neben her laufen. Kommt ein Wanderer und sagt: Das ist nicht recht, Vater, daß Ihr reitet und laßt Euern Sohn laufen; Ihr habt stärkere Glieder. Da stieg der Vater vom Esel herab und ließ den Sohn reiten. Kommt wieder ein Wandersmann und sagt: Das ist nicht recht, Bursche, daß du reitest und lässest deinen Vater zu Fuß gehen. Du hast jüngere Beine. Da saßen beide auf und ritten eine Strecke. Kommt ein dritter Wandersmann und sagt: Was ist das für ein Unverstand, Zwei Kerle auf Einem schwachen Tier. Sollte man nicht einen Stock nehmen, und euch beide hinabjagen? Da stiegen beide ab und gingen selb Dritt zu Fuß, rechts und links der Vater und Sohn, und in der Mitte der Esel. Kommt ein vierter Wandersmann und sagt: Ihr seid Drei kuriose Gesellen. Ists nicht genug, wenn Zwei zu Fuß gehen? Gehts nicht leichter, wenn Einer von euch reitet? Da band der Vater dem Esel die vordern Beine zusammen, und der Sohn band ihm die hintern Beine zusammen, zogen einen starken Baumpfahl durch, der an der Straße stand, und trugen den Esel auf der Achsel heim.

So weit kann's kommen, wenn man es allen Leuten will recht machen.

Man muß mit den Wölfen heulen

Das heißt: Wenn man zu unvernünftigen Leuten kommt, muß man auch unvernünftig tun, wie sie. Merke: Nein! Sondern erstlich, du sollst dich nicht unter die Wölfe mischen, sondern ihnen aus dem Weg gehn. Zweitens, wenn du ihnen nicht entweichen kannst, so sollst du sagen: Ich bin ein Mensch und kein Wolf. Ich kann nicht so schön heulen, wie ihr. Drittens: Wenn du meinst, es sei nimmer anders von ihnen loszukommen, so will dir der Hausfreund erlauben, ein oder zweimal mit zu bellen, aber du sollst nicht mit Ihnen beißen, und andrer Leute Schafe fressen. Sonst kommt zuletzt der Jäger, und du wirst mit ihnen erschossen.

Wie der Zundelfrieder eines Tages aus dem Zuchthaus entwich und glücklich über die Grenzen kam

Eines Tages als der Frieder den Weg aus dem Zuchthaus allein gefunden hatte, und dachte: »ich will so spät den Zuchtmeister nimmer wecken«, und als schon auf allen Straßen Steckbriefe voran flogen, gelangte er Abends noch unbeschrieen an ein Städtlein an der Grenze. Als ihn hier die Schildwache anhalten wollte, wer er sei, und wie er hieße, und was er im Schilde führe; »Könnt Ihr polnisch?« fragte herzhaft der Frieder die Schildwache. Die Schildwache sagt: »Ausländisch kann ich ein wenig, ja! Aber polnisches bin ich noch nicht darunter gewahr worden.« »Wenn das ist«, sagte der Frieder, »so werden wir uns schlecht gegeneinander explizieren können. Ob kein Offizier oder Wachtmeister am Tor sei?« Die Schildwache holt den Torwächter, es sei ein Polack an dem Schlagbaum, gegen den sie sich schlecht explizieren könne. Der Torwächter kam zwar, entschuldigte sich aber zum voraus, viel polnisch verstehe er auch nicht. »Es geht hie zu Land nicht stark ab, sagte er, und es wird im ganzen Städtel schwerlich jemand sein, der kapabel wäre, es zu dolmetschen.« »Wenn ich das wüßte«, sagte der Frieder, und schaute auf die Uhr, die er unterwegs noch an einem Nagel gefunden hatte, »so wollte ich ja lieber noch ein paar Stunden zustrecken bis in die nächste Stadt. Um neun Uhr kömmt der

Mond.« Der Torhüter sagte: »Es wäre unter diesen Umständen fast am besten, wenn Ihr gerade durchpassiertet, ohne Euch aufzuhalten, das Städtel ist ja nicht groß«, und war froh, daß er seiner los ward. Also kam der Frieder glücklich durch das Tor hinein. Im Städtlein hielt er sich nicht länger auf, als nötig war, einer Gans, die sich auf der Gasse verspätet hatte, ein paar gute Lehren zu geben. »In euch Gänse«, sagte er, »ist keine Zucht zu bringen. Ihr gehört, wenns Abend ist, ins Haus oder unter gute Aufsicht.« Und so packte er sie mit sicherm Griff am Hals, und mir nichts dir nichts unter den Mantel, den er ebenfalls unterwegs von einem Unbekannten geliehen hatte. Als er aber an das andere Tor gelangte, und auch hier dem Landfrieden nicht traute, drei Schritte von dem Schilderhaus als sich inwendig der Söldner rührte, schrie der Frieder mit herzhafter Stimme: Wer da! der Söldner antwortete in aller Gutmütigkeit: Gut Freund! Also kam der Frieder glücklich wieder zum Städtlein hinaus, und über die Grenzen.

Glimpf geht über Schimpf

Ein Hebräer, aus dem Sundgau, ging jede Woche einmal in seinen Geschäften durch ein gewisses Dorf. Jede Woche einmal riefen ihm die mutwilligen Büblein durch das ganze Dorf nach: »Jud! Jud! Judenmauschel!« Der Hebräer dachte: Was soll ich tun? Schimpf ich wieder, schimpfen sie ärger, werf ich einen, werfen mich zwanzig. Aber eines Tages brachte er viele neugeprägte, weißgekochte Baselrappen mit, wovon fünf so viel sind als zwei Kreuzer, und schenkte jedem Büblein, das ihm zurief: »Judenmauschel!« einen Rappen. Als er wieder kam, standen alle Kinder auf der Gasse: »Jud! Jud! Judenmauschel! Schaulem lechem!« Jedes bekam einen Rappen, und so noch etliche Mal, und die Kinder freuten sich von einer Woche auf die andere und fingen fast an den gutherzigen Juden lieb zu gewinnen. Auf einmal aber sagte er: »Kinder, jetzt kann ich euch nichts mehr geben, so gern ich möchte, denn es kommt mir zu oft, und euer sind zu viel.« Da wurden sie ganz betrübt, so daß einigen das Wasser in die Augen kam, und sagten: »Wenn Ihr uns nichts mehr gebt, so sagen wir auch nicht mehr Judenmausche.« Der Hebräer sagte: »Ich muß mirs gefallen lassen. Zwingen kann ich euch nicht.« Also gab er ihnen von der Stund an keine Rappen mehr und von der Stund an ließen sie ihn ruhig durch das Dorf gehen.

Die Juden

Sendschreiben an den Sekretär der Theologischen Gesellschaft
zu Lörrach (die wenig bekannt ist)

Wenn du, o Zenoides, es ratsam finden solltest, der Theologischen Gesellschaft diese Epistel vorzulesen, so habe ich außer dem Schatten des seligen Ritters Michaelis nicht nur dich, sondern auch sie um Verzeihung zu bitten, wenn ich diesmal mancherlei durcheinander sagen und hie und da ein Weizenkörnlein unter viel Spreu verbergen werde. Der Verzeihung des seligen Ritters aber bedarf ich, weil ich bei allem Respekt vor seiner seltenen Gelehrsamkeit glauben muß, daß er in derselben und durch dieselbe vor Bäumen den Wald nicht recht gesehen habe, als er der Arabischen Gesellschaft mancherlei Fragen, z. B. über die Gottesanbeterin, als da ist nicht die Priesterin Elisabeth oder die Prophetin Hanna, sondern Mantis religiosa Linnei (Frage 51), ferner über die fliegenden Katzen (Fr. 30) und die zweibeinige Maus (Fr. 42) mitgab und aufband, keineswegs aber ihr den Rat erteilte, den auch die Instruktion Artikel 35 enthält, vorderhand und seinetwegen das liegen zu lassen und vor allen Dingen den Juden und seinen Blutsvetter, den Araber, auf dem heimischen Boden desto näher zu betrachten und das charakteristische Gepräge zu studieren, welches das Klima des Landes, wo die Bibel geschrieben wurde, seinen Kindern aufdrückt; da nicht zu leugnen steht, daß man vor allen Dingen diejenigen, an welche geschrieben ist, baß kennen muß, wenn man das, was geschrieben ist, um einen halben Erdgürtel nördlicher und um ein paar Jahrtausende später ausdeuten und den heiligen freien Geist, der heimisch unter den orientalischen Palmen hauset, unter den nordischen Eichen bannen will.

Ja, es hätte sich der selige Katzen- und Bergmausjäger durch einen solchen Wink an die Gesellschaft, wenn sie geglückt wäre, ein desto größeres Verdienst erwerben können, da so manche Reisende im Orient lieber das Tote als das Lebendige zu beobachten scheinen.

Sie botanisieren euch von Dan bis nach Berseba, besteigen den Libanon und unterscheiden beim ersten Blick die berühmten alten Zedern von den jungen an der Größe, obgleich sie über deren Zahl bis auf diese Stunde nicht einig sind. Sie versäumen nicht, mit eigenen Augen zu sehen, ob das Geradlinigte und Zakkigte, was man bisweilen unter dem Wasser des Toten Meeres erblickt, Ruinen von Sodom oder Basalte sind, und wenn je ihr Blick auf das Lebendige fällt, so wollen sie lieber die Natur und Lebensart des Schakals als des Menschen studieren, obgleich der Fuchs dort von dem Fuchs hier in keinem größern Abstande stehen mag als der Mensch dort von dem Menschen hier und die Bibel nicht für Füchse geschrieben ist, kaum für akademische, zum Studium der Exegese. Das führt uns nicht weiter, und ich habe mir daher vorgenommen, bis ich mich zu einer Reise nach Palästina für den Zweck des Menschenstudiums befähigt habe und der König von Dänemark oder die Hamburger Lotterie, in welcher man 250000 Mark gewinnen kann, die Gelder dazu liefert, einstweilen die abgeraspelten und ausgeschiedenen Späne und Schlacken des Volks Gottes, wie sie mir im 49sten Grad nördlicher Breite durch den Fokus gehen, näher zu beobachten und zugleich die Theologische Gesellschaft bittweise anzugehen, es wolle mir dieselbe mit ihren jetzigen und künftigen Beobachtungen an diesem Volke Gottes, inwiefern sie zur Aufklärung und Entwickelung des logischen und ästhetischen Sinnes der Bibel etwas beitragen können, gefällig zuhanden gehen.

Ich rechtfertige mein Vorhaben und meinen Wunsch mit der Behauptung, daß das jüdische Volk, wie alle asiatischen und alle unterdrückten Völker, sehr anhänglich an sein Altes sei und den physischen, psychologischen und moralischen Charakter seiner Väter in Palästina im wesentlichen noch nicht verändert habe.

Vorleser dieses lasse sich auf eine weitläuftige Herzählung der Belege hiezu, z. B. die Ähnlichkeit der Gesichtszüge und den Bart, nicht bange sein.

Erstere erklärt man richtig daher, daß die Juden selten fremdes Blut durch Heirat in das ihrige gemischt haben, und ich setze nicht unwahrscheinlich hinzu, daß, wenn jemand alle Judengesichter, die jetzt existieren, kennte und imstande wäre, das Gemeinschaftliche und Charakteristische aus allen herauszuheben und vorerst in ein Gesicht zusammenzufassen, dann in diesem die männlichen und weiblichen Züge zu scheiden und in zwei Gesichter zu zerlegen, so würde er mit dieser Operation die Originalporträte des Abraham und der Sara richtig gefunden und dargestellt haben.

Ich will mich dabei nicht aufhalten, sondern nur einige minder bemerkte Spuren des alten Gepräges an unsern Juden in Anregung bringen.

1. Der Jude ißt, trinkt, betet und grüßt seine Landsleute mit bedecktem Haupt. Warum? Der Hut ist sein Turban. Kein Morgenländer zieht den Turban. Er ist wesentlich zur anständigen Erscheinung vor andern. – Der Jude geht gerne, solange er kann, im Cüre, und wenn er ihn ablegen muß, besonders am Sabbat, im Schlafrock. Letzterer ist bei ihm sogar ein Artikel des Luxus und der Eitelkeit. Warum? Es ist ein morgenländischer Talar. Man kann lächeln, daß ich das behaupte, und sagen: die Weichlichkeit und Nachlässigkeit des Juden zieht diese Kleidung vor. Zugegeben; – das nämliche ist der Grund, warum sich auch die Morgenländer in lange, weite Kleidungen hüllen. Gerne windet alsdann der Jude das weiße, rotgestreifte Schnupftuch über den Schlafrock um die Hüften. Es ist ein morgenländischer Gürtel zum Talar. Die Pantoffeln, die er den Schuhen vorzieht und wie den Schlafrock zum Gegenstand des Luxus macht, sind seine Sandalen. Zu beiden, nicht aber zur enggeschnittenen europäischen Kleidung, wählt er am liebsten die gelbe Farbe. Sie war und ist eine Lieb-

lingsfarbe der Morgenländer. So setzt er sich, ohne es zu wissen und zu wollen, mitten in Deutschland aus europäischen Kleidungsstücken das Kostüm des Orients nachäffend zusammen und gefällt sich darin, und wenn alsdann am heißesten Sabbat des Jahrs noch an einem Fleck die Sonne scheint, so wird er nicht in den Schatten stehen. Denn er ist ein Orientale.

2. Es steht irgendwo in der griechischen Bibel ein Ypsilon, das mir in diesem Augenblick mehr wert ist als nicht nur der ganze Drache zu Babel, sondern auch das beste Stück in Esther, nämlich in dem Worte ›Μωῦσης‹. Es beweist nichts weniger, als daß der Gesetzgeber der Juden nie Moses, sondern immer Mauses geheißen habe und also das Mauses unserer Juden nicht vernachlässigte Pöbelsprache, sondern reine Haltung des orientalischen Wohlklangs mitten unter allen abendländischen Dissonanzen sei, wie auch das Arabische beweist. Wenn gleichwohl einige Schriftsteller, z. B. Johannes ›Μωσης‹ schreiben, so rührt es nur daher, daß sie das O mega der Griechen, als korrespondierend ihrem Chaulem, zum voraus als Au aussprachen. Ich werde noch alle Nomina propria im Hebräischen mit ihrer griechischen Orthographie in der Septuaginta und mit dem Neuen Testament vergleichen, um der alten genuinen Aussprache auf den Grund zu kommen, und man wird sie, wenn es mir gelingt, sie in Regeln zu bringen, mit großem Segen in den hebräischen Lektionen einführen, ja selbst im N. T. die hellenistische Aussprache wieder in Gang

bringen. Δωδεκα, μαϑηται wird zu lesen sein: Daudeka maseite.

3. Nichts fällt dem Juden schwerer, als den deutschen Dativ und Akkusativ richtig zu unterscheiden. Er geht in der Schul und steht in die Schule, wie es ihm einfällt. Nehmt es ihm nicht übel. Schon die Septuaginta und die Schriftsteller des Neuen Testamentes verwechseln unaufhörlich und mehr als die andern εἰς τοπον und ἐν τοπῳ, wiewohl es uns bisweilen auch nur scheint. Denn wenn der Schächer am Kreuz sagt: »Gedenke meiner, wenn du kommst ἐν τῃ βασιλεια σου«, so spricht er richtig »in deiner königlichen Würde«, und z. B. Luther hat unrichtig übersetzt »in dein Reich«. Auch bei andern Griechen ist βασιλεια und bei den Römern regnum ursprünglich nicht das Königreich, sondern das königliche Amt.

4. Und weil hier des einen Schächers Erwähnung geschah, so sei auch der andere nicht vergessen. Wir erblicken nämlich auf Golgatha (es wäre zum Thema einer Karfreitagspredigt gut) dreimal das Höchste und Unerreichbare in der Wirklichkeit. Am mittlern Kreuz das Ideal der höchsten, aufopfernden Gottesergebenheit und Menschenliebe, und auf der einen Seite desselben das höchste Vertrauen dessen, was man nicht sieht. Denn es gehörte viel dazu, in diesem Augenblicke an ein Königtum eines Mitgekreuzigten zu glauben und auf ein Reich Gottes unter seinem Zepter zu warten. Aber das Ideal der tiefsten Verwerflichkeit realisiert auf

der andern Seite ein dritter, der mit Nägeln in den eigenen Händen und mit dem Tod auf eigener Zunge der nämlichen Leiden eines Unschuldigen neben sich noch spotten kann und damit einen Charakterzug seiner Nation belegt. Denn betrachtet den Juden, wo ihr wollt: Spottsucht und Schadenfreude hat er mit seinesgleichen unter allen Nationen gemein; aber das hohe Talent, im neckenden Spott über fremde Leiden den Schmerz der eigenen zu kühlen, ist ihm eigen.

Ich könnte hier noch einiges anreihen, wenn es mein Interesse wäre, die blöden Seiten aufzudecken, womit sich dieses Volk zu seinem Ahnherrn bekennt, der den Bruder um Erstgeburt und Erbteil zu beschleichen und den Schwiegervater in Mesopotamia zum armen Manne auszuschälen weiß und nach seiner Heimkunft die unheilbare Feigheit des schlechten Gewissens auf ewige Zeiten dokumentiert. Achtung für eine anderweitige Heiligkeit dieses Volkes decke darüber den Mantel der Schonung. Lieber will ich sein Sachwalter sein und jetzt eine schöne und beneidenswerte Seite desselben ausheben.

5. Der Jude weicht dem Ackerbau und jedem Beruf, der anhaltend und mühsam beschäftigt, aus und nährt sich, sei es auch kümmerlich, von allerlei Handel, treibt Gaukelei, legt Rattengift oder kultiviert irgendeinen Nebenzweig einer nützlichen Kunst im kleinen, z. B. die Operation der Hühneraugen. Man sagt daher, sie seien Tagediebe, und das ist einseitig und ungerecht. Man sollte sagen: Sie sind Morgenländer.

Ich will hier die Frage nur berühren, nicht untersuchen, ob es die Meinung der Natur sein konnte, daß unter allen Lebendigen, die ihr Dasein in Ruhe genießen, der Mensch das einzige Zug- und Lasttier der Erde sein soll, die wenigen eingerechnet, die er dazu gemacht hat. Ich erinnere nur, daß es große Erdstriche gibt, wo die Natur viel gewährt und der Mensch wenig bedarf. Zwischen den Wendekreisen und noch darüber hinaus, wo das Menschengeschlecht zu Hause ist und wie ein ewig junger Blütenkranz den Erdkreis in der Mitte umwinden sollte, ohne weiterhin den Bären und Wölfen Wohnort und Nahrung streitig zu machen, dort leben glückliche Nationen, die von unserer nordischen Arbeitseligkeit keine Begriffe haben. Selbst in Europa der Türke, der Grieche, der Italiener fliehen die Arbeit. Der Spanier steht im ganzen Norden in dem Ruf, daß er träg lebe, da er doch nur klimatisch lebt, wie wir, falls wir klug wären, auch tun würden, wenn wir in einem Lande wohnten, wo der Wirt den Gästen, die noch ihre eigene Speise selber mitbringen, für das geringe Koch- und Schlafgeld den Wein, soviel sie trinken mögen, gratis eingibt, wo man die jungen Esel mit Feigen auffüttert, und wo auf den unfruchtbarsten Äckern noch ein vermaledeites Unkraut wuchert, das ihr zum Staat in Scherben zieht und im Keller überwintert, der Rosmarin und Lavendel.

Selbst in nördlichen Gegenden, wenn wir wenigstens auf das Beispiel der ältesten und meisten Völker sehen, scheint es, der Mensch soll sich durch die Not nicht zum Lasttier herabwürdigen lassen, sondern mit dem wenigen, das die Natur ihm dort geben kann, zufrieden sein oder auswandern; und wenn irgendwo Arbeit von einer Betglocke bis zur andern, falls man leben will, Bedingung ist, so sind daran nur fehlerhafte Staatsverfassungen und Staatsverwaltungen, eine daher rührende verhältnislose Verteilung dessen, was die Natur hinreichend für alle gab, und erkünstelte Bedürfnisse schuld, die die Natur zu befriedigen nicht schuldig ist; und die wunderliche Grille kann nur in den Predigten und Katechismen des kostbaren christlichen Nordens einfließen, daß auch noch in dem ewigen Leben keine Ruhe sei, vielmehr die Kräfte an höheren Gegenständen in weitern Wirkungskreisen fortgeübt werden sollen. Die Paradiese der Morgenländer haben nichts davon, und einer, der besser als wir wissen muß, wie es dort aussieht, setzt die Seligen nicht abermal z. B. an einen Weberstuhl, sondern mit Abraham, Isaak und Jakob zu Tische.

Gerne erleichtern wir uns und beschönigen zwar unsere Arbeitseligkeit mit der Gemeinstelle, daß die Not die wohltätige Weckerin unserer Kräfte sei und Übung durch Arbeit sie zur Vollkommenheit ausbilde. Schön gesagt, wenn's nicht am Tag läge, was bei diesem nordischen Unfug herauskömmt. Nur wenige von uns erfahren etwas von der Bildung, der Aufklärung und dem Lebensgenusse, der allen gebührt. Die meisten übrigen leben und sterben etwas besser als das Tier, ohne

54

Charakter, ohne Vaterlandsliebe und Mut, ohne Tugend. Auch die wenigen bringen's nicht weit.

Wir halten uns für die gelehrteste Nation. Wir sind's auch leider, wenigstens die schreib- und leselustigste, wenn's damit getan wäre. Aber wo ist der reine, lebendige Sinn, der das Wahre und Schöne überall und unmittelbar aus der Natur und dem Leben saugt? wo das innige, rege Gefühl, mit welchem der wahre Mensch das Wahre und Schöne sich vereigentumt? wo die hohe, göttliche Phantasie, beides aneinander zu verherrlichen und in unsterbliche Ideale zu verschmelzen? wo die Gabe, rein und klar wiederzugeben, was man so empfangen hat, und so warm, als es im eigenen Herzen lag, in ein fremdes zu legen? Verdampft, schon frühe im Schweiß der Schulen und später am harten toten Pult und unter dem Druck der Folianten und Schatzungsmonate, die auf uns liegen. Wir sind nicht mehr imstand, den Homer oder Ossian oder ein einziges Kapitel im Jesaias, z. B. das 60., bis in sein tiefstes Leben zu verstehen und zu fühlen, noch viel weniger selber so etwas zu machen, und wenn Homer unsere Messiade lesen sollte, so möchte er über manches den Kopf schütteln, wovon ich nur zwei Präliminarschwingungen interpretieren will.

Die erste: wie ein Deutscher dazu kam, den angebornen Reim und Jambus zu verlassen und über seine scharfeckige Sprache den wellenlinigen Hexameter des Joniers zu legen, den schon der attische Dialekt selbst im Griechischen nicht mehr verträgt. Die zweite: wie er dazu kam, zum Gegenstand eines epischen Gedichtes den Messias zu wählen, ohne damit sagen zu wollen, was seinerseits ein frommer Mann und Rektor einst urteilte, daß das Leben und die Taten des Messias keiner Verschönerung durch Dichtung bedürfen, die doch nirgendswo etwas verderbt, noch weniger entheiligt. Denn ist nicht Gott selbst der erste und größte Dichter, ποιητης in beiderlei Sinn des Worts? Die ganze Idee des Weltalls mit allen seinen Teilen und Entwickelungen war in Gott, ehe sie realisiert wurde, ein großes harmoniereiches Gedicht, herausgegeben Anno Mundi I. und bis jetzt noch nicht nachgedruckt, nicht einmal in Reutlingen. Was aber den Jesaias betrifft, so behaupte ich nur so viel, daß, wer ihn vom 40sten Kapitel an lesen kann und nie die Anwandlung des Wunsches fühlte, ein Jude zu sein, sei es auch mit der Einquartierung alles europäischen Ungeziefers, ein Betteljude, der versteht ihn nicht, und solange der Mond noch an einen Israeliten scheint, der diese Kapitel liest, so lange stirbt auch der Glaube an den Messias nicht aus.

Ich kehre von dieser nordischen Abschweifung zu den Ländern zurück, in welchen Milch und Honig fleußt. In einem solchen war einst Abraham im Hirtenzelt unter den Terebinthen des Mamre des stillen Lebens froh; in einem solchen lebte einst der heiligste seiner Nachkommen, und es mag in einem Festprogramm zu seiner Zeit sehr gelehrt untersucht worden sein, unde Christus vitae alimenta sumpserit? Aber schon die Frage war seltsam und verrät den 50sten Grad n. Br. In einem solchen Lande konnte der Aufruf geschehen: »Sorget nicht für den andern Morgen!« und ist noch bis nach Italien verständlich, wo ein Lazzaroni, der einem Fremden zwei Kisten für acht Soldi wegtragen sollte, eine für vier Soldi wegtrug und die andere stehen ließ, weil das Bedürfnis des heutigen Tages damit gedeckt ward und er für eine andere Kiste des folgenden Tages schon sicher sein konnte. Aus einem solchen Lande kamen die Juden nach Europa, und was wollen wir dazu sagen, daß sie der Weihe ihrer Heimat so getreu blieben und mehr Charakter und Kraft haben als wir? Wollen wir sie verdammen? Das sei ferne. Sie konnten aus ihrer Heimat vertrieben werden, das war Gottes Gewalt. Aber ihre Heimat und die Würde und Freiheit des Volks Gottes an einem Sägbock oder hinter einem Schubkarren verleugnen, das können sie nicht. Sie können hungern, sie können verschmachten, wenn's sein soll, aber ihr edles Blut, einst in den Adern der Väter an einer bessern Sonne gebraut, in knechtischer Arbeit verdampfen, das können Abrahams Kinder nicht und sind und bleiben zu dem Ausspruch: »Sorget nicht für den andern Morgen« die lebendige Exegese. Nicht weil der es sagte, der es sagte, sondern weil sie dort daheim sind, wo er's sagte. Sie säen nicht und ernten nicht, sammeln nicht in die Scheuren, und ihr himmlischer Vater nähret sie doch, selbst in Deutschland, was viel heißt. Sie nähen nicht und spinnen nicht, und er kleidet sie doch und sorgt noch für das Schutzgeld. Unsere Exegese, die gerne jeden Spruch, ehe sie ihn erklärt, unter das Zenit schraubt, unter dem sie selbst steht, und nicht so fast aus dem Griechischen ins Deutsche als vielmehr aus dem 32sten Grad in den 50sten übersetzt, erklärt es so: »Ihr sollt nicht ängstlich sorgen!« Und hie und da ein Kompendium der christlichen Moral oder eine dergleichen Predigt bekennt sich stillschweigend zu einem Grundsatz, den ich zum erstenmal laut und keck aussprechen will, der so heißt: »Wenn du eine Pflicht nicht erkennen kannst, wie sie zu verstehen ist, so verstehe sie, wie du sie erfüllen kannst«, oder: »Wenn ein Gesetz sich zu deutlich ausspricht und du zu ungeschickt bist, die Klarheit seines Sinnes zu verwirren, so stelle dir vor, der Meister habe es nur zu seinen Jüngern gesagt (und du seist keiner, scilicet). Wenn er aber seinen Jüngern für Pflichten, die du nicht übst, und für eine Treue, die du nicht kennst, die Seligkeit seines Reiches verheißt, so stelle dir vor, du seiest einer, und freue dich einstweilen darauf (setze ich hinzu), bis sie kommt, so wird deine Freude, wie die Freude der Gerechten im Himmel, ebenfalls ohne Ende sein.«

Zum Anhang dieser Nummer und Eintrag ins Ganze gehört übrigens noch die Bemerkung, daß der Jude ein einziges Metier der Europäer con amore treibt, das Fleischerhandwerk. Weil er koscher essen müsse, meint man. Allein da ließe sich helfen und läßt sich, wo er nicht schlachten kann. Nein, sondern bis ihm sein Gott wieder einen Altar und einen Tempel baut, treibt er die freie Kunst des Schlachtens, die ihm von dorther angestammt ist, an der Fleischbank fort. Blut muß fließen, am Altar oder in der Metzig!

6. Endlich, und damit ich das halbe Dutzend ausfülle, sei noch bemerkt, daß der Jude von keinem europäischen Laster so frei ist als von der Trunkenheit.

Man hält's für Sparsamkeit. Aber doch nascht er gern etwas Gutes, wenn er's haben kann, sei es auch teuer. Wahrscheinlicher könnte man sagen, der europäische Wein sei ihm zu schlecht. Ehe er sein heißes Blut im 1774er Krenzacher kühlt, geht er an die Quelle, die ihm den Dienst wohlfeil und ganz leistet. Aber ich will's aus dem Fundament erklären. Es ist national. In der großen Musterkarte jüdischer Laster, die uns die Bibel aufbewahrt, nimmt Trunkenheit noch immer das kleinste Feld ein. Saufen ist nur im Norden endemisch. Branntwein sauft der Nordmensch. Wir pokulieren Wein. Wein mit Wasser trank der Grieche. Palmenwein genießt der Südländer, und der Araber läßt sich's von seinem Propheten ganz verbieten. Hätte der unsrige es uns verboten, so würden es pokallustige Exegeten und Leser so ausdeuten: Ihr sollt nicht ängstlich trinken.

Soll ich fortfahren? Nein, ich will deine Geduld, o Zenoides, und die Geduld und Session der Theologischen Gesellschaft nicht auseinandersprengen. Grüße mir den Thumringer Juden und, wenn er noch lebt, den Scheitele in Lörrach und den Nausel!

Das wohlfeile Mittagessen

Es ist ein altes Sprüchwort: Wer Andern eine Grube gräbt, fällt selber darein. – Aber der Löwenwirt in einem gewissen Städtlein war schon vorher darin. Zu diesem kam ein wohlgekleideter Gast. Kurz und trotzig verlangte er für sein Geld eine gute Fleischsuppe. Hierauf forderte er auch ein Stück Rindfleisch und ein Gemüs, für sein Geld. Der Wirt fragte ganz höflich: ob ihm nicht auch ein Glas Wein beliebe? O freilich ja, erwiederte der Gast, wenn ich etwas Gutes haben kann für mein Geld. Nachdem er sich alles wohl hatte schmecken lassen, zog er einen abgeschliffenen Sechser aus der Tasche und sagte: »Hier, Herr Wirt, ist mein Geld. Mehr hab ich nicht, und mehr hab ich Euch nicht versprochen.« Dieser Einfall war eigentlich nicht weit her. Es gehörte nur Unverschämtheit dazu, und ein unbekümmertes Gemüt, wie es am Ende ablaufen werde. Aber das Beste kommt noch. »Ihr seid ein durchtriebener Schalk«, erwiederte der Wirt, »und hättet wohl etwas anders verdient. Aber ich schenke Euch das Mittagessen und hier noch ein Vierundzwanzig-Kreuzer-Stück dazu. Nur seid stille zur Sache, und geht zu meinem Nachbarn, dem Bärenwirt, und macht es ihm eben so.« Das sagte er, weil er mit seinem Nachbarn, dem Bärenwirt, aus Brotneid im Unfrieden lebte, und einer dem andern jeglichen Tort und Schimpf gerne antat und erwiederte. Aber der schlaue Gast griff lächelnd mit der einen Hand nach dem angebotenen Geld, mit der andern vorsichtig nach der Türe, wünschte dem Wirt einen guten Abend, und sagte: »Bei Euerm Nachbar, dem Herrn Bärenwirt, bin ich schon gewesen, und eben der, und kein anderer, hat mich zu Euch geschickt.«

So waren im Grunde beide hintergangen, und der dritte hatte den Nutzen davon. Aber der listige Kunde hätte sich noch obendrein einen schönen Dank von beiden verdient, wenn sie eine gute Lehre daraus gezogen, und sich miteinander ausgesöhnt hätten. Denn Frieden ernährt, aber Unfrieden verzehrt.

Brief an Gustave Fecht

[Ende Juni bis Anfang Juli 1797]

Verehrteste Freundinn!

Wo soll ichs anfangen und wie soll ichs enden? Es ist
mir bange, wenn Sie wegen der langen Schuld, die ich
auf mir habe, Entschuldigung erwarten, und noch viel
schlimmer wärs, wenn meine Bangheit unnöthig wäre,
wenn's gar keiner Entschuldigung bedürfte. Könnt ichs
nur übers Herze bringen, gegen besser Gewissen zu lügen, aber ich kann nicht, und die Warheit, so treu ich
ihr bin, und so treu sie seyn soll, wie man sagt, die Warheit läßt mich dismal offenbar im Stich. Von Geschäften könnt ich wohl etwas vorbringen, aber es ist schon
eine gar alte Leyer. Krank bin ich weiter auch nicht gewesen, Gott sey Lob und Dank. Heiterkeit und froher
Sinn, der fehlt freilich, den drükt das Joch das auf mir
ligt gewaltig nieder, den äzt mir mancher stille Verdruß
allmählig aus der Seele; aber wer ist schuld daran, wenn
ich ihn nicht in der Unterhaltung mit guten, freund-
schaftlichen Menschen wieder zu wecken und anzufa-
chen suche? Weiter könnt ich noch – aber ich bitte Sie,
absolviren Sie mich, sonst muß ich doch noch lügen;
sagen Sie mir, Sie merken wohl, daß ich wenig stich-
haltiges vorbringen könne, und dismal wollen Sie mirs
verzeihen. – So was laß ich mir nicht zweymal sagen

und wenn Sies auch nicht einmal gesagt haben, so bild'
ich mir doch ein, Sie habens gesagt, und ich kann Sie
versichern, daß es mir iezt wieder recht wohl ist. Unser
meistes Wohl beruht auf der Einbildung, und unser meistes Übel auch – aber doch ist die Einbildung immer viel
werth und mehr, als das Besserwissen: Iezt hätt ichs auf
dem rechten Trumm, eins zu moralisiren. Aber darauf
wars nicht angelegt […].

Geselligkeit

Wir sind dazu verbunden, 1, Durch Naturtrib 2, weil es
Pflicht für uns ist für die Ehre Gottes am Nächsten zu
arbeiten. 3, weil wir also auch selbst die Pflichten gegen
Gott ohne sie nicht erfüllen können. 4, Selbstpflichten
leiden noth, sobald wir nicht gesellschaftlich sind, denn
zur Vervollkomnung der Seelenkräfte und Leibswohl-
stands ist die Hülfe andrer nötig.

Wir können vieler Ding' entbehren,
Und dis und jenes nicht begehren,
Doch werden wenig Männer sein
Die Weiber hassen u. den Wein
Dieses schrieb, Bester Mertz, zur Erhaltung seines
    Andenkens
Dein Dich ewig liebender Fr. Dr. u. Br.
    J. P. Hebel a. d. Badischen
Erlang im Juli 1779

———

*(Mertz war wie Hebel Student in Erlangen und später
Pfarrer in Rothenburg ob der Tauber.)*

Über Gedichte von J. H. Voss

Sie müssen den edelsten und aufgeklärtesten der
    Nation gefallen,
und sind dennoch in einer Sprache Gedichte, die
    selbst jedem der
niedern Klasse des Volks verständlich ist oder doch
    leicht kan verständlich gemacht werden. Also
    wahre Volkslieder.
Ein Pächter macht seiner Frau eine Beschreibung von
    einem überaus prächtigen Schmaus in Hamburg.
Die Frau: Nimm denn auch gütig vorlieb mit meiner
    geringen Bewirthung.
Zukererbsen in Schoten und 2 gebrätne Küchlein
Bring ich nur, und schikst du dich gut, Erdberen zum
    Nachtisch.
Auch will ich Tafelmusik bei den Grillen und Fröschen
    bestellen.
Und bei dem Rosengebüsch und den Nachtviolen
    Gerüche.
Der Pächter: Schön mein Lieb'chen und dann statt
    Kronenleuchter und Blaker
Strale der Abendstern und die Wetterleuchtende
    Wolke.

Dankbarkeit

In der Seeschlacht von Trafalgar, während die Kugeln sausten und die Mastbäume krachten, fand ein Matrose noch Zeit zu kratzen, wo es ihn biß, nämlich auf dem Kopf. Auf einmal streifte er mit zusammengelegtem Daumen und Zeigefinger bedächtig an einem Haare herab, und ließ ein armes Tierlein, das er zum Gefangenen gemacht hatte, auf den Boden fallen. Aber indem er sich niederbückte, um ihm den Garaus zu machen, flog eine feindliche Kanonenkugel ihm über den Rükken weg, paff, in das benachbarte Schiff. Da ergriff den Matrosen ein dankbares Gefühl, und überzeugt, daß er von dieser Kugel wäre zerschmettert worden, wenn er sich nicht nach dem Tierlein gebücket hätte, hob er es schonend von dem Boden auf, und setzte es wieder auf den Kopf. »Weil du mir das Leben gerettet hast«, sagte er, – »aber laß dich nicht zum zweitenmal attrapieren, denn ich kenne dich nimmer.«

Über die Verbreitung der Pflanzen

Man kann sich nicht genug über die Menge und Man-
nigfaltigkeit der Pflanzen verwundern, mit welchen
die Natur alle Jahre die Erde bekleidet. In dem kleinen Raum, den das Auge auf einmal überschauen kann,
welch eine Vielfachheit der Gestalten, welch ein Spiel
der Farben, welche Fülle in der Werkstätte der reichsten
Kraft und der unerforschlichen Weisheit? Nicht weniger muß man sich wundern über die Geschwindigkeit
mit welcher die Natur jede leere Stelle auf öden Fel-
dern, verlassenen Wegen, kahlen Felsen, Mauern und
Dächern, wo nur eine handvoll fruchtbarer Erde hinge-
fallen ist, ansäet und mit Gras, Kräutern, Stauden und
Buschwerk besetzt. Das sieht man oft und achtets nicht,
eben weil man es von Kindheit an so oft sieht; die größte Weisheit verratet sich in der einfachen und natürli-
chen Einrichtung der Dinge, und man erkennt sie nicht,
eben weil alles so einfach und natürlich ist.

Betrachtung über ein Vogelnest

Wenn der geneigte Leser ein Finkennest in die Hand nimmt, und betrachtet's, was denkt er dazu? Getraut er sich auch so eins zu stricken, und zwar mit dem Schnabel und mit den Füßen? Der Hausfreund glaubt's schwerlich. Ja er will zugeben: der Mensch vermag viel. Ein geschickter Künstler mit zwanzig feinen künstlichen Instrumentlein kann nach viel mißlungenen Versuchen zuletzt etwas herausbringen, das einem Finkennest gleich sieht, und alle, die es sehen, können es von einem wirklichen Nest, das der Vogel gebaut hat, nicht unterscheiden. Alsdann bildet sich der Künstler etwas ein, und meint, jetzt sei er auch ein Fink. Guter Freund, dazu fehlt noch viel. Und wenn ein wahrer Fink, wie du jetzt auch einer zu sein glaubst, dazu käme, und könnte dein Machwerk durchmustern, wie der Zunftherr ein Meisterstück, so würde er den Kopf ein wenig auf die linke Seite drücken und dich mit dem rechten Auge kurios ansehen, und so er menschlich mit dir reden könnte, würde er sagen: »Lieber Mann, das ist kein Finkennest. Ich mag's betrachten, wie ich will, so ist's gar kein Vogelnest. So einfältig und ungeschickt baut kein Vogel, Was gilt's, du Pfuscher hast's selber gemacht!« Das wird zu dem Künstler sagen der Fink.

Ebenso ist es mit einem verachteten Spinnengewebe. Der Mensch kann nie Spinnengewebe machen.

Ebenso ist es mit dem Gespinnst, worein sich ein

Raupenwurm sozusagen zu einem Karmeliter oder Franziskaner einkleidet, wenn seine Fasten und seine Reinigung angeht. Ein Mensch kann kein Raupengespinnst machen.

Der Hausfreund will ein Wort mehr sagen. Alle Finkennester in der Welt sehn einander gleich, wie fast die Kirchen der Jesuiten, vom ersten im Paradies bis zum letzten im Frühling 1813. Keiner hat's vom andern gelernt. Jeder kann's selber. Die Mutter legt ihre Kunst schon in das Ei. Ebenso alle Spinnengewebe, ein jedes nach seiner Art, ebenso jede Franziskanerkutte des Raupengeschlechts in seiner Art. Man weiß es wohl, aber man denkt nicht daran.

Noch ein Wort mehr. Das erste Nest eines Finken ist schon so künstlich, wie sein letztes. Er lernt's nie besser. Ja manches Tierlein braucht sein Gespinnst nur einmal in seinem Leben, und hat nicht viel Zeit dazu. Es wäre übel daran, wenn es zuerst eine ungeschickte Arbeit machen müßte, und denken wollte: Für dieses Jahr ist's gut genug, übers Jahr mach ich's besser.

Noch ein Wort mehr. Jedes Vogelnest ist ganz vollkommen und ohne Tadel. Nicht zu groß und nicht zu klein, nicht zu wenig daran und nicht zu viel, dauerhaft für den Zweck, wozu es da ist. In der ganzen Natur ist kein Lehrpletz, lauter Meisterstücke. –

Aber der Mensch, was er zur Geschicklichkeit bringen soll, das muß er mit vieler Zeit und Mühe lernen, und bis er's kann, bekommt er manche Ohrfeige von dem Meister, der selber keiner ist. Denn kein menschliches Werk ist vollkommen. Hat der geneigte Leser noch nie eine Uhr gekauft, und wenn er meinte, jetzt geht sie am besten, so blieb sie stehen, oder ein Paar Stiefel, einmal sind sie zu eng, ein andermal zu weit, oder in den ersten acht Tagen wird ein Absatz rebellisch, und will desertieren.

Was sagt der geneigte Leser dazu? Also ist ein Mensch noch weniger als ein Fink? – Nichts nutz! –

Denn erstlich, nicht der Vogel baut sein Nest, und nicht das Würmlein bettet sein Schlafbett, sondern der ewige Schöpfer tut es durch seine unbegreifliche Allmacht und Weisheit, und der Vogel muß nur das Schnäbelein und die Füßlein und sozusagen den Namen dazu hergeben. Deswegen kann auch jeder Vogel nur einerlei Nest bauen, wie jeder Baum nur einerlei Blüten und Früchte bringt. Deswegen kann auch der Mensch kein Vogelnest und keine Spinnenwebe nachmachen. Gottes Werke macht niemand nach.

Zweitens, wie der ewige Schöpfer an seinem Ort jedem genannten Geschöpf seine Wohnung bereitet, aber nicht alle auf gleiche Art, dem einen so, dem andern anderst, wie es nach seinem Zwecke und Bedürfnis recht ist, also hat er dem Menschen etwas von seinem göttlichen Verstand lassen in die Seele träufeln, daß er ebenfalls nach seiner eigenen Überlegung für mancherlei Zwecke bauen und hantieren kann, wie er selber glaubt, daß es recht sei. Der Mensch kann ein Schilder-

71

häuslein verfertigen, ein Waschhaus, eine Scheuer, ein Wohnhaus, einen Palast, eine Kirche, jedes nach anderer Weise, item eine Kirchenuhr, item eine Orgel mit 48 Registern, item einen Kalender, was auch etwas heißt. Ein Fink kann nicht zweierlei Nester bauen, er kann keinen Kalender schreiben, noch viel weniger drucken.

Drittens hat der ewige Schöpfer dem Menschen die Gnade verliehen, daß er in allen seinen Geschäften unten anfangen und sie durch eigenes Nachdenken, durch eigenen Fleiß und Übung bis nahe an die Vollkommenheit der göttlichen Werke selber hinbringen kann, wenn schon nie ganz. Das ist seine Ehre und sein Ruhm. Kannst du den Vers, sagte einmal der Hausfreund zu dem Büblein des Herrn Geigers:

»Gott, du hast der Freuden Fülle? —«
Das Büblein fuhr fort:
»Denn dein Verstand ist Licht. Dein Wille
ist Wahrheit und Gerechtigkeit.
Du liebest mit stets gleicher Stärke
das Gute nur, und deine Werke
sind Ordnung und Vollkommenheit.
O, bilde mich nach dir, — —«

»Sieh Kind«, sagte der Hausfreund und kam sich selber fast vor wie ein Pfarrherr in der Kinderlehre, so er doch keiner ist und möschene Knöpfe auf dem Rocke trägt, »sieh«, sagte er, »das ist das schöne Ebenbild Gottes in

seinem ganzen Gehalt, woran der Mensch sein Lebenlang durch Nachdenken, nicht nur durch Lernen und
Frömmigkeit, sondern auch durch Fleiß und Geschicklichkeit in seinem Beruf zu erwerben und zu erhausen hat.
Gesetzt«, sagte er, »du lernst ein Handwerk, oder wirst
ein Schreiber, oder ein Pfarrer, oder es kommt einmal
an dich, statt deines Vaters den Kalender zu drucken, so
sollst du dich ebenfalls bemühen, all deinem Werk und
Tun das Siegel der Vollkommenheit zu geben, daß zuletzt kein anderer Mensch mehr das nämliche in seiner
Art so gut machen kann als du. Du mußt nicht einen
Jahrgang schön drucken, den andern schlecht; du mußt
nicht an einem Sonntag gut predigen, am andern oben
weg aus dem Ärmel. Denn Gott liebt mit stets gleicher
Stärke das Gute nur. – Alsdann wartet auch der Freuden
Fülle auf dich. Dem Menschen kann keine reinere Freude werden als die Vollkommenheit seiner Werke, wenn
jedermann gestehn und bekennen muß und er selber sagen oder denken kann, sie sind recht. Denn selbst die
Fülle der göttlichen Freude kann nicht anders sein als
die Vollkommenheit seiner Werke.«

Da hielt das Büblein die Hände gegen den Himmel
und sagte:

»O, bilde mich nach dir –«

Aus einem solchen Kind kann etwas werden.

Ein Narr fragt viel

»Ein Narr fragt viel, worauf kein Weiser antwortet.«
Das muß zweimal wahr sein. Fürs erste kann gar wohl
der einfältigste Mensch eine Frage tun, worauf auch der
weiseste keinen Bescheid zu geben weiß. Denn Fragen
ist leichter als Antworten, wie Fordern oft leichter ist, als
Geben. Rufen leichter als Kommen. Fürs andere könnte
manchmal der Weise wohl eine Antwort geben, aber er
will nicht, weil die Frage einfältig ist, oder wortwitzig,
oder weil sie zur Unzeit kommt. Gar oft erkennt man
ohne Mühe den einfältigen Menschen am Fragen und
den verständigen am Schweigen. Da heißt es alsdann:
»Keine Antwort ist auch eine Antwort.« Von dem Dok-
tor Luther verlangte einst jemand zu wissen, was wohl
Gott vor Erschaffung der Welt die lange, lange Ewigkeit
hindurch getan habe: Dem erwiderte der fromme und
witzige Mann: in einem Birkenwald sei der liebe Gott
gesessen, und habe zur Bestrafung für solche Leute, die
unnütze Fragen tun, Ruten geschnitten.

Dippel

Närrisch sagt er, seis zu glauben, Gott mache keinen selig bis er ihn orthodox gemacht habe. Es sei nirgends geboten und

können nicht geboten sein, recht zu meinen sondern recht zu thun. Selig der dieses thue, er sei Jude, Türk, Heid oder Christ. –

Die Kinder taufe und das öffentliche Nachtmal seien bei den späten Christen aus Misverständnis eingefürt und abgöttisch misbraucht worden

Sie können zur Erinnrung dienen, aber nicht besser und glüklicher machen.

Brief an Gottlieb und Sophie Haufe

[3. Juni 1824]

Theuerste Freunde!

Es bleibt also bei der Verabredung vorerst in die Hub.
Sie sind also überstimmt lieber Thurn, schon zum Voraus durch Ihre Frau, die, wie Oestreich beim Bundestag,
10–20 Stimmen allein hat, hernach auch noch durch
zwei weitere. Indessen soll Ihr Votum doch nicht un-
beachtet in den Wind gehen. Wir copuliren uns nicht
mit der Hub. Wir thun ihr nur schön. Aber wir gleichen
dem wallensteinischen Dragoner »auf der Erde hat er
kein bleibend Quartier«.

Es ist gar herrlich, so etwas vagabundisches in das
Leben zu mischen. Es ist wie der Fluß in dem Thal. Man
fühlt doch auch wieder einmal, daß man der Erde nicht
angehört, und daß man ein freier Mensch ist, wenn man
wie der Spatz alle Abende auf einem andern Ast sitzen
kann. Das ist es was den Betler groß und stolz macht;
wenn er sich selbst und seinen Beruf recht versteht. Ich
habe diese Glücklichen schon oft beneidet, und gebe
gerne denen, die es aus Grundsatz sind. Es gibt keine
andere Philosophie.

Also, wie gesagt, und wie ich hoffe, rücken wir
am Samstag in das Weglager ein. Mit herzlicher Liebe
Ihr H.

Abendlied wenn man aus dem Wirtshaus geht

Jetzt schwingen wir den Hut.
Der Wein der war so gut.
Der Kaiser trinkt Burgunder Wein,
sein schönster Junker schenkt ihm ein,
und schmeckt ihm doch nicht besser,
nicht besser.

Der Wirt der ist bezahlt,
und keine Kreide malt
den Namen an die Kammertür,
und hinten dran die Schuldgebühr.
Der Gast darf wieder kommen,
ja kommen.

Und wer sein Gläslein trinkt,
ein lustig Liedlein singt
im Frieden und mit Sittsamkeit,
und geht nach Haus zu rechter Zeit,
der Gast darf wieder kehren
mit Ehren.

Des Wirts sein Töchterlein
ist züchtig, schlank und fein,
die Mutter hälts in treuer Hut,
und hat sie keins, das ist nicht gut,
mußt eins in Straßburg kaufen,
ja kaufen.

Jetzt Brüder, gute Nacht!
Der Mond am Himmel wacht;
und wacht er nicht, so schläft er noch.
Wir finden Weg und Haustür doch,
und schlafen aus im Frieden,
ja Frieden.

Freude in Ehren

Ne Gsang in Ehre,
wer will's verwehre?
Singt 's Tierli nit in Hurst und Nast,
der Engel nit im Sterneglast?
E freie frohe Muet,
e gsund und fröhlich Bluet
goht über Geld und Guet.

Ne Trunk in Ehre,
wer will's verwehre?
Trinkt 's Blüemli nit si Morgetau?
Trinkt nit der Vogt si Schöppli au?
Und wer am Werchtig schafft,
dem bringt der Rebesaft
am Sunntig neui Chraft.

Ne Chuß in Ehre,
wer will's verwehre?
Chüßt 's Blüemli nit sie Schwesterli,
und 's Sternli chüßt si Nöchberli?
In Ehre, hani gseit,
und in der Unschuld Gleit,
mit Zucht und Sittsemkeit.

Ne freudig Stündli,
isch's nit e Fündli?
Jetz hemmer's und jetz simmer do;
es chunnt e Zit, würd's anderst goh.
's währt alles churzi Zit,
der Chilchhof isch nit wit.
Wer weiß, wer bal dört lit?

Wenn d'Glocke schalle,
wer hilftis alle?
O gebis Gott e sanfte Tod!
e rüeihig Gwisse gebis Gott,
wenn d'Sunn am Himmel lacht,
wenn alles blitzt und chracht,
und in der letzte Nacht!

Zum Erwerben eines Glücks gehört Fleiß und Geduld, und zur Erhaltung desselben gehört Mäßigung und Vorsicht. Langsam und Schritt für Schritt steigt man eine Treppe hinauf. Aber in einem Augenblick fällt man hinab, und bringt Wunden und Schmerzen genug mit auf die Erde.

Einmal ist Keinmal

Dies ist das verlogenste und schlimmste unter allen Sprichwörtern, und wer es gemacht hat, der war ein schlechter Rechnungsmeister oder ein Boshafter. Einmal ist wenigstens Einmal, und daran läßt sich nichts abmarkten. Wer Einmal gestohlen hat, der kann sein Lebenlang nimmer mit Wahrheit und mit frohem Herzen sagen: Gottlob! ich habe mich nie an fremdem Gut vergriffen; und wenn der Dieb erhascht und gehenkt wird, alsdann ist Einmal nicht Keinmal. Aber das ist noch nicht alles, sondern man kann meistens mit Wahrheit sagen: Einmal ist Zehnmal und Hundert- und Tausendmal. Denn wer das Böse Einmal angefangen hat, der setzt es gemeiniglich auch fort. Wer A gesagt hat, der sagt auch gern B, und alsdann tritt zuletzt ein anderes Sprichwort ein, daß der Krug so lange zum Brunnen gehe, bis er bricht.

Nun kommen zwei Sprichwörter und die sind beide wahr, wenn sie schon einander widersprechen. Von zwei unbemittelten Brüdern hatte der eine keine Lust und keinen Mut etwas zu erwerben, weil ihm das Geld nicht zu den Fenstern hineinregnete. Er sagte immer: Wo nichts ist, kommt nichts hin. Und so war es auch. Er blieb sein Lebenlang der arme Bruder Wonichtsist, weil es ihm nie der Mühe wert war, mit einem kleinen Ersparnis den Anfang zu machen, um nach und nach zu

82

einem größern Vermögen zu kommen. So dachte der jüngere Bruder nicht. Der pflegte zu sagen: Was nicht ist, das kann werden. Er hielt das Wenige, was ihm von der Verlassenschaft der Eltern zu Teil worden war, zu Rat, und vermehrte es nach und nach durch eigenes Ersparnis, indem er fleißig arbeitete und eingezogen lebte. Anfänglich ging es hart und langsam. Aber sein Sprichwort: Was nicht ist, kann werden, gab ihm immer Mut und Hoffnung. Mit der Zeit ging es besser. Er wurde durch unverdrossenen Fleiß und Gottes Segen noch ein reicher Mann, und ernährt jetzt die Kinder des armen Bruders Wonichtsist, der selber nichts zu beißen und zu nagen hat.

Tagebuch der Schweizerreise

Donnerstag, den 29ten. Zürich

Diese Stadt von ohngefehr 12 000 Einwohnern liegt in einem ziemlich engen Thal zwischen dem Züriberg und Albis am Ende eines Sees und der Limmath, die hier ihren Ausfluß aus demselben nimmt. Die Hauptstadt des ersten Cantons und reformirter Religion. Überaus interessant ist die Lage des Gasthofs »Zum Schwerdte«. Er steht an der Limmath an der breiten Brücke, die zugleich zum Marktplatze dient. Beim Erwachen erblickten wir vor uns hinaus einen großen Theil des Sees und seiner reitzenden Ufer in der Verklärung des Morgenlichtes. Bald traten im Hintergrunde die hohen Schneeberge in einer Entfernung von 15 bis 20 Stunden aus den östlichen Nebeln hervor. Unter den Fenstern, über der kristallhellen Limmath sammelte sich mit immer lauterm Geräusch der Wochenmarkt, eine Musterkarte der mannigfaltigen Schweitzertrachten. Wie köstlich schmeckte zwischen diesen Umgebungen der Kaffee mit Schweitzer Rahm (hier Nideln genannt) und Butterbrod!

Wir sahen diesen Morgen das Merkwürdigste der Stadt und Gegend. Kaum etwas von der Seite gefaßt, aber leider ganz anderst und neu ist die Aussicht auf der neuen und hohen Promenade, einem Kirchhofe auf einem der erhabensten Plätze der Stadt.

Glücklich gedacht und schön ausgeführt ist die Idee einer zweiten außer der Stadt im Vereinigungswinkel

der Limmath und der Sihl. Ihr wißt nicht, ob die Natur
hier so schön nach Regel, oder ob die Kunst so natürlich war. Geßners Denkmal heiliget diese Stätte. Er war
ein Bürger dieser Stadt und hat sich als Dichter im Fach
der Idyllen die Liebe und den Dank seiner Zeitgenossen
erworben und ein rühmliches Andenken seines Namens
bey der Nachwelt gesichert.

Wieder von einer andern Seite umgibt euch die
Herrlichkeit einer großen Natur auf der sogenannten
Katze. Über ihr steht auf einem Bollwerk und blickt auf
den Schauplatz einer der wichtigsten Begebenheiten des
vorigen Krieges. Man übersieht hier die Hauptpunkte
der Schlacht von Zürich zwischen den Russen und
Franzosen. Sie entschied den 25ten September 1799
die unglücklichen Folgen des Krieges für Österreich
und vernichtete alle Erwartungen, die man sich von den
Russen gemacht hatte und den Ruhm ihres Feldzuges.

Auf eine andere Art fühlt man hier an der öffentli-
chen Wirthstafel, in den freimüthigsten Urtheilen über
öffentliche Personen und Verhältnisse, man sei in der
Schweitz. Der Ungenierteste war heute der Gastwirth
selber. Er erzählte unter anderm was ein französischer
Offizier für Unfug im Hause gemacht habe. Aber bey
Gott, setzte er hinzu, wär ich daheim gewesen, ich
hätt ihm gesagt: »Ihr seid so grob, wie euer Herr und
Meister!« Der Zürchersee, den wir Nachmittag befuh-
ren, ist 10 Stunden lang, wird aber nicht in der ganzen
Länge übersehen, und 1 bis 1 ½ Stund breit. Weniger

ausgedehnt als der Bodensee ersetzt er, was ihm da-
durch abgeht durch die Nähe der beiden Ufer. Ebenso
schön und mannigfaltig bewachsen als jener, und noch
dichter mit Dörfern, Schlössern und Landhäusern besetzt, bringt er euch alles näher in die Augen, was sich
dort unkennbar in die Ferne verliert. Jeder Fremde kehrt
mit Entzücken aus diesem Wasserparadise zurück und
uns vermehrte die muntere Laune und die doch fast af-
fecktirte Schweitzer Herzlichkeit des Sonnenwirths zu
Küßnacht das Vergnügen dieses Nachmittags.

Denkwürdigkeiten aus dem Morgenlande

1. In der Türkei, wo es bisweilen etwas ungerade hergehen soll, trieb ein reicher und vornehmer Mann, einen Armen, der ihn um eine Wohltat anflehte, mit Scheltworten und Schlägen von sich ab, und als er ihn nicht mehr erreichen konnte, warf er ihn noch mit einem Stein. Die es sahen verdroß es, aber Niemand konnte erraten, warum der arme Mann den Stein aufhob, und ohne ein Wort zu sagen in die Tasche steckte, und Niemand dachte daran, daß er ihn von nun an so bei sich tragen würde. Aber das tat er. Nach Jahr und Tag hatte der reiche Mann ein Unglück, woran er wohl selber mochte schuld sein: denn er wurde nicht nur seines Vermögens verlustig, sondern von einem Esel, ruckwärts gesetzt, durch die Straßen geführt, und der Mann mit dem rätselhaften Stein in der Tasche stand unter den Zuschauern eben auch da, und erkannte ihn. Jetzt fuhr er schnell mit der Hand in die Tasche; jetzt griff er nach dem Stein; jetzt hob er ihn schon in die Höhe, um ihn wieder nach seinem Beleidiger zu werfen, und wie von einem guten Geist gewarnt, ließ er ihn wieder fallen, und ging mit einem bewegten Gesicht davon.

Daraus kann man zuerst lernen: Man soll im Glück nicht übermütig, nicht unfreundlich und beleidigend gegen geringe und arme Menschen sein. Denn es kann vor Nacht leicht anders werden, als es am frühen Morgen war, und »Wer dir als Freund nichts nutzen kann, der kann vielleicht als Feind dir schaden.« Man soll seinem Feind keinen Stein in der Tasche, und keine Rache im Herzen nachtragen. Denn als der arme Mann den seinen auf die Erde fallen ließ und davon ging, sprach er zu sich selber so: »Rache an dem Feind auszuüben, so lange er reich und glücklich war, das war töricht und gefährlich; jetzt wo er unglücklich ist, wäre es unmenschlich u. schändlich.«

2. Ein anderer meinte, es sei schön, Gutes zu tun an seinen Freunden, und Böses an seinen Feinden. Aber noch ein anderer erwiederte, das sei schön, an den Freunden Gutes zu tun, und die Feinde zu Freunden zu machen. Welcher hat Recht?

3. Es ist doch nicht alles so uneben, was die Morgenländer sagen und tun.
Einer Namens Lockmann, wurde gefragt, wo er seine feinen u. wohlgefälligen Sitten gelernt habe. Er antwortete: Bei lauter unhöflichen und groben Menschen: ich habe immer das Gegenteil von demjenigen getan, was mir an ihnen nicht gefallen hat.

4. Ein anderer entdeckte seinem Freund das Geheimnis, durch dessen Kraft er mit den zanksüchtigen Leuten immer im guten Frieden ausgekommen sei. Er sagte so: Ein verständiger Mann und ein törichter Mann können nicht einen Strohhalm mit einander zerreißen. Denn

wenn der Tor zieht, so läßt der Verständige nach, und wenn jener nachläßt, zieht dieser. Aber wenn zwei Unverständige zusammen kommen, so zerreißen sie eiserne Ketten.

Der silberne Löffel

In Wien dachte ein Offizier: Ich will doch auch einmal im roten Ochsen zu Mittag essen, und geht in den roten Ochsen. Da waren bekannte und unbekannte Menschen, Vornehme und Mittelmäßige, ehrliche Leute und Spitzbuben, wie überall. Man aß und trank, der eine viel, der andere wenig. Man sprach und disputierte von dem und jenem, zum Exempel von dem Steinregen bei Stannern in Mähren, von dem Machin in Frankreich, der mit dem großen Wolf gekämpft hat. Das sind dem geneigten Leser bekannte Sachen, denn er erfährt alles ein Jahr früher, als andere Leute. – Als nun das Essen fast vorbei war, einer und der andere trank noch eine halbe Maß Ungarwein zum Zuspitzen, ein anderer drehte Kügelein aus weichem Brot, als wenn er ein Apotheker wär, und wollte Pillen machen, ein dritter spielte mit dem Messer oder mit der Gabel, oder mit dem silbernen Löffel. Da sah der Offizier von ungefähr zu, wie einer, in einem grünen Rocke, mit dem silbernen Löffel spielte, und wie ihm der Löffel auf einmal in den Rockärmel hineinschlüpfte und nicht wieder heraus kam.

Ein anderer hätte gedacht: was gehts mich an? und wäre still dazu gewesen, oder hätte großen Lärmen angefangen. Der Offizier dachte: Ich weiß nicht, wer der grüne Löffelschütz ist, und was es für ein Verdruß geben kann, und war maus still, bis der Wirt kam und das Geld einzog. Als der Wirt kam und das Geld ein-

90

zog, nahm der Offizier auch einen silbernen Löffel und
steckte ihn zwischen zwei Knopflöcher im Rocke, zu
einem hinein zum andern hinaus, wie es manchmal die
Soldaten im Kriege machen, wenn sie den Löffel mitbringen, aber keine Suppe. – Während dem der Offizier
seine Zeche bezahlte, und der Wirt schaute ihm auf den
Rock, dachte er: »Das ist ein kurioser Verdienstorden,
den der Herr da anhängen hat. Der muß sich im Kampf
mit einer Krebssuppe hervor getan haben, daß er zum
Ehrenzeichen einen silbernen Löffel bekommen hat,
oder ists gar einer von meinen eigenen?« Als aber der
Offizier dem Wirt die Zeche bezahlt hatte, sagte er mit
ernsthafter Miene: »Und der Löffel geht ja drein. Nicht
wahr? Die Zeche ist teuer genug dazu.« Der Wirt sagte:
»So etwas ist mir noch nicht vorgekommen. Wenn Ihr
keinen Löffel daheim habt, so will ich Euch einen Pa-
tentlöffel schenken, aber meinen silbernen laßt mir da.«
Da stand der Offizier auf, klopfte dem Wirt auf die Achsel und lächelte. »Wir haben nur Spaß gemacht, sagte
er, ich und der Herr dort in dem grünen Rocke. Gebt
Ihr Euern Löffel wieder aus dem Ärmel heraus, grüner
Herr, so will ich meinen auch wieder hergeben.« Als der
Löffelschütz merkte, daß er verraten sei, und daß ein
ehrliches Auge auf seine unehrliche Hand gesehen hatte, dachte er: Lieber Spaß als Ernst, und gab seinen Löffel ebenfalls her. Also kam der Wirt wieder zu seinem
Eigentum und der Löffeldieb lachte auch – aber nicht
lange. Denn als die andern Gäste das sahen, jagten sie

91

den verratenen Dieb mit Schimpf und Schande und ein paar Tritten unter der Türe zum Tempel hinaus, und der Wirt schickte ihm den Hausknecht mit einer Handvoll ungebrannter Asche nach. Den wackeren Offizier aber bewirtete er noch mit einer Bouteille voll Ungarwein auf das Wohlsein aller ehrlichen Leute.

Merke: Man muß keine silbernen Löffel stehlen.

Merke: Das Recht findet seinen Knecht.

Alles geht leichter

1. Alles geht leichter, wenn man einen Gehülfen hat. Aber eine Heimlichkeit verschweigen kann man besser allein, als selbander.

2. Der Mensch ist an drei Proben zu erkennen. Erstlich: Erzürne ihn. Zweitens: berausche ihn. Drittens: teile mit ihm ein Erbe. Wenn er in der letzten Probe nicht mankiert, so ist er probat.

Suwarov

Der Mensch muß eine Herrschaft über sich selber aus-
üben können, sonst ist er kein braver und achtungswür-
diger Mensch, und was er einmal für allemal als recht
erkennt, das muß er auch tun, aber nicht einmal für
allemal, sondern immer. Der russische General Suwarov, den die Türken und Polacken, die Italiener und
die Schweizer wohl kennen, der hielt ein scharfes und
strenges Kommando. Aber was das vornehmste war, er
stellte sich unter sein eigenes Kommando, als wenn er
ein anderer und nicht der Suwarov selber wäre, und sehr
oft mußten ihm seine Adjutanten dies und jenes in seinem eigenen Namen befehlen, was er alsdann pünktlich
befolgte. Einmal war er wütend aufgebracht über einen
Soldaten, der im Dienst etwas versehen hatte, und fing
schon an, ihn zu prügeln. Da faßte ein Adjutant das
Herz, dachte, er wolle dem General und dem Soldaten einen guten Dienst erweisen, eilte herbei und sagte:
»Der General Suwarov hat befohlen, man solle sich nie
vom Zorn übernehmen lassen.« Sogleich ließ Suwarov
nach, und sagte: »Wenn's der General befohlen hat, so
muß man gehorchen.«

Moses Mendelson

Moses Mendelson war jüdischer Religion, und Handlungsbedienter bei einem Kaufmann, der das Pulver nicht soll erfunden haben. Dabei war er aber ein sehr frommer und weiser Mann, und wurde daher von den angesehensten und gelehrtesten Männern hochgeachtet und geliebt. Und das ist recht. Denn man muß um des Bartes willen den Kopf nicht verachten, an dem er wächst. Als eines Tages ein Freund zu ihm kam, und er eben an einer schweren Rechnung schwitzte, sagte dieser: »Es ist doch schade, guter Moses, und ist unverantwortlich, daß ein so verständiger Kopf, wie Ihr seid, einem Manne ums Brot dienen muß, der Euch das Wasser nicht bieten kann. Seid Ihr nicht am kleinen Finger gescheiter als der am ganzen Körper, so groß er ist?« Einem andern hätt' das im Kopf gewurmt, er hätte Feder und Dintenfaß mit ein paar Flüchen hinter den Ofen geworfen, und seinem Herrn aufgekündigt auf der Stelle. Aber der verständige Mendelson ließ das Dintenfaß stehen, steckte die Feder hinter das Ohr, sah seinen Freund ruhig an, und sprach zu ihm also: »Das ist recht gut, wie es ist, und von der Vorsehung weise ausgedacht. Denn so kann mein Herr von meinen Diensten viel Nutzen ziehen, und ich habe zu leben. Wäre ich der Herr und er mein Schreiber, ihn könnte ich nicht brauchen.«

Von dem barmherzigen Samariter

Es fragte Jesus ein Schriftgelehrter: »Meister, was soll
ich tun, daß ich das ewige Leben erwerbe?« Die Frage
wäre gut. Jesus sprach zu ihm: »Wie steht im Gesetz geschrieben? Wie liesest du?« Der Schriftgelehrte antwortete: »Du sollst Gott, deinen Herrn, lieben von ganzem
Herzen, von ganzer Seele, von allen Kräften und von
ganzem Gemüt; und deinen Nächsten wie dich selbst.«
Die Antwort war auch gut. Jesus sprach zu ihm: »Tue
das, so wirst du leben.« Der Schriftgelehrte wollte sich
rechtfertigen. Er schämte sich, daß er eine Frage sollte getan haben, die er und jedes Kind sich selbst hätte
beantworten können. Er fragte daher weiter: »Wer ist
denn mein Nächster?« Jesus antwortete ihm:

»Es ging ein Mensch von Jerusalem nach Jericho
und fiel unter die Mörder. Die Mörder zogen ihn aus,
schlugen ihn und ließen ihn halbtot liegen. Es zog ein
Priester dieselbe Straße hinab, sah ihn und ging vorüber.
Es kam ein Levit an die Stelle, sah ihn auch und ging
auch vorüber. Es kam ein Samariter dahin, und als er
den Verwundeten sah, jammerte ihn seiner. Er ging zu
ihm und verband ihm seine Wunde. Er nahm ihn auf
sein Tier und führte ihn in eine Herberge und pflegte
seiner. Den andern Tag, als er weiterreiste, bezahlte er
den Wirt und sprach zu ihm: ›Nimm dich seiner ferner
an, und wenn es etwas mehr kosten wird: ich will es dir
bezahlen, wenn ich wiederkomme.‹«

96

»Was dünkt dich«, sprach Jesus zu dem Schriftge-
lehrten, »welcher unter diesen Dreien ist der Nächste
gewesen dem, der unter die Mörder gefallen war?« –
Der Schriftgelehrte sprach: »Der, welcher die Barmher-
zigkeit an ihm getan hat.« Die Antwort war wieder
gut. Jesus sprach zu ihm: »So gehe hin und tue desglei-
chen.«

Nämlich: Ich bin jedem sein Nächster, und jeder ist
mir mein Nächster, den ich mit meiner Liebe erreichen
kann; jeder, den Gott zu mir führt, oder zu dem mich
Gott führt, daß ich ihn erfreuen oder trösten, daß ich
ihm raten oder helfen kann, auch wenn er nicht meines
Volkes oder meines Glaubens ist.

Tue das, so wirst du leben.

Brief an Gustave Fecht

[April 1824]

Sie entschuldigen sich theuerste Freundinn, wegen der Weitläufigkeit Ihres lezten Briefes. Als einst der römische Philosoph Cicero gefragt wurde, welche Dialoge des Plato er am liebsten lese, antwortete er, »die längsten«. Das Köstlichste in Ihrem Brief war mir iedoch die Nachricht von Ihrem bessern Befinden. Da ich gottlob ebenfalls nicht krank bin, so benutze ich als kluger Mann die Zeit, und brauche Arzneien für die Zukunft, nemlich für allerlei kleine Presten, die doch mit der Zeit schlimmer werden könnten. Wir sammeln wirklich artige Erfahrungen, mein Arzt und ich. Wir wissen bereits, daß die und die Arznei nichts hilft, damit wir die rechte gewiß nicht verfehlen, wenn es einmal ernst gilt. Ich bin iezt wieder glücklich, denn ich bin wieder arm, wiewohl ich nie reich war. Ich verliere an meinem Freund Meerwein 5200 fl. Es betragt mehr als die Hälfte von allem was ich mir bis in mein Alter durch Sparsamkeit und Büchleinschreiben erworben habe. Die Leute bewundern mich. Man glaubt auf einmal, ich müsse sehr reich seyn, weil man den Gleichmuth nicht begreifen kann, mit dem ich diesen Verlust ansehe. Es können an Meerwein 3–400000 verloren gehen, der arme Mann dauert mich tief in die Seele hinein. Aber wie oft habe ich ihm seit 30 Jahren gepredigt! Ganz gewiß hatte er schon einmal über 1 Million reines Vermögen.

In das Stammbuch von Frau Hendel-Schütz

's schwimmt menge Ma im Überfluß
het Huus und Hof und Geld
und wenig Freud und viel Verdruß
und Sorgen in der Welt.
Und het er viel, se gehrt er viel
und neeft und grumset allewil.

Und 's seig jo doch so schön im Tal,
in Matte, Berg und Wald,
und d'Vögeli pfifen überal
und alles widerhallt,
e rueihig Herz und frohe Muet
isch ebe doch no 's fürnehmst Guet.

Geister und Gespenster

Geist und Gespenst werden im gemeinen Leben oft verwechselt, müssen aber unterschieden werden. Nicht jeder Geist, selbst auf dem Gebiet des Aberglaubens, ist ein Gespenst. Der Geist ist unsichtbar, das Gespenst ist sichtbar.

Geist, in welcherlei Sinn man das Wort nehmen will, bezeichnet allemal die unsichtbare Ursache zu einer wahrnehmbaren Wirkung und ursprünglich gar nichts anderes.

Den ältesten Anspruch auf diese Benennung haben daher Atem, Luft, Wind; hebräisch: Ruach, griechisch: πνευμα, ἀνεμος, lateinisch: animus und spiritus.

Geist im Wein: das Unsichtbare, Belebende, Erwärmende, Stärkende, Berauschende im Wein.

Geist im Menschen: das Unsichtbare, Belebende, Tätige, Schaffende im menschlichen Körper.

Geister in Feld und Hain: die unsichtbaren Naturkräfte bei allen Nationen, selbst hie und da in der Bibel, Dryaden, Brunnengeister, Berggeister, Gnomen, Elfen, der Engel an der Tenne Aravna usw.

Der ewige göttliche Geist: die ewige unsichtbare Ursache, durch welche alles ist und in seiner Ordnung und Kraft besteht. Röm. 1, 20; Apostelgesch. 17, 24. 25. 28.

Brief an Gustave Fecht

D. 20sten May [1807]

Gewiß: Meine heilige Zeit, mein schöner großer Feyertag, wo ich näher als sonst, bey Gott und bey allem Guten bin, dauert von Ostern bis Pfingsten. Da gehe ich gerne in die Kirche und erbaue mich, wenn auch die Predigt schlecht wäre, am Evangelium. Denn in dieser Jahreszeit, wo draußen alles blüht, haben wir auch die Blüthe der ganzen Kirche und Religion in den Sonntags Evangelien. Aber eben so fromm und gerührt kann ich auch seyn wenn ich den ganzen Sonntags Morgen, in Beuertheim im Hirschen, im Grasgarten unter den Bäumen im Freien, bey einem halben Schöpplein Rothen und Butterbrod in der Sonntagsstille, unterbrochen von Glockengeläut und Bienensumsen sitze und im Jean Paul lese.

Vom Tabakrauchen

Es ist eine eigene Sache um das Tabakrauchen. Tausende rauchen und wissen nicht warum, – müssen rauchen und wissen nicht warum. Der beurteilt's geradehin als Gewohnheit, ein anderer sucht das Delikate und Vergnügliche im Geruche des Rauches, was wohl nur eine Nebensache ist, andere richtig im Geschmacke. Aber auch von diesen weiß sich fast keiner Rechenschaft zu geben, was der Sinn des Geschmackes Angenehmes dabei empfinde, wie ihm der stinkende Rauch dieses Krautes Bedürfnis sei. Es scheint unbegreiflich, wie jemand hat mögen anfangen Tabak zum Vergnügen zu rauchen. Vielleicht liegt in folgendem einige Aufklärung.

Ein Sinn des Menschen, das Auge, ist, solange er wacht, unaufhörlich beschäftigt, durch irgendeinen Gegenstand, der sich in ihm spiegelt, einigermaßen gereizt. Sei es nun die gegenüberstehende Wand oder Mauer, sie soll durchaus nichts haben, das die Aufmerksamkeit und das Wohlgefallen des Auges auf sich zieht; es ist genug, solange sie dem offenen Auge gegenübersteht, hält sie diesen Sinn in einer kleinen Spannung, sowenig wir davon denken und dessen auch nur bewußt sind, daß wir etwas sehen. Wie langweilig und lästig ist uns gänzliche Finsternis, das heißt ein Zustand, in welchem das Auge durchaus nichts zu sehen hat; wie unnatürlich und selten ist es, daß ein Mensch mutwillig und absichtslos eine halbe Stunde lang bei hellem Tag

102

durch Schließung der Augen sich in diesen Zustand versetzte!

Nicht anders ist es mit dem Ohre. Ein unaufhörliches Geräusch gibt ihm den ganzen Tag über Beschäftigung, sei es auch nur unser eigener Fußtritt, unsers Atmens Rauschen, ob wir gleich teils kein positives Vergnügen bei dem Schallen empfinden, uns des Hörens nicht einmal bewußt sind. Unwillkürlich klimpern wir eher mit den Fingern, rauschen mit einem Papierchen, schleppen, wo wir einsam gehen, den Stock auf dem Boden nach, damit er rassele, oder schwingen ihn etwa einmal in der Luft herum, daß er sause, sprechen ein paar laute Worte, tun einen einem lauten Seufzer ähnlichen Atemzug, singen oder pfeifen, wecken irgendeinen Schall in der Luft und fühlen ein dunkles Wohlbehagen dabei.

So das Gefühl. Am ganzen Körper ausgebreitet, muß es unaufhörlich irgendwo berührt und beschäftigt sein, ist es auch durch Kleider, Luft und Reibung der körperlichen Teile aneinander selbst. Wäre es auch nicht, so kommen wir ihm abermals durch unwillkürliches Reiben oder Streichen der Hand, durch sanften Druck und Kratzen zu Hilfe. Das gilt selbst noch von dem Geruch. Es gibt in der allgemeinen Atmosphäre und in der besondern, die uns und andere Körper umgibt, immer etwas zu riechen, sei auch die Empfindung davon so schwach und stumpf, als sie will; es ist immer etwas.

Nur der Sinn des Geschmacks macht eine Ausnahme. Nur für eine eingeschränkte Art von Gegenständen reizbar, nur reizbar durch unmittelbare Berührung derselben, nur auf einen kleinen Raum der empfindsamen Oberfläche des Körpers eingeschränkt, und noch überdies an einer zurückgezogenen, verborgenen, eingeschlossenen Stelle des Körpers angebracht, ist er im Fall, oft Stunden und halbe Tage lang allein feiern zu müssen, wenn die andern Sinne alle etwas zu tun und zu spielen haben.

Aber wie der Mensch dem Ohr durch selbst geweckte Töne, dem Gefühl durch Druck und Reiben, dem Geruch durch Blumen und Lavendelwasser zu Hilfe zu kommen weiß, so fand er auch etwas für den Geschmack. Ob die Natur den Kopf dazu nickte oder schüttelte, ist hier einerlei; kurz, er suchte und fand etwas für ihn.

Cajus ißt und trinkt unaufhörlich nur, um den Geschmack zu beschäftigen. Der nüchterne Titus kaut wenigstens an einem Baumblatt auf seinem Spaziergange. Es ist nicht süß, ist nicht würzhaft, ist nicht fett, ist nicht angenehm bitter oder süß, gewährt ihm durchaus keine positiv angenehme Empfindung. Aber genug, er hat etwas zu schmecken. Sollte nicht hieher auch das Rauchen des Tabaks gehören? Ich zweifle gar nicht. Und dann wäre die Frage gelöset. Was hat die seltsame Gewohnheit Angenehmes? Worin besteht das Vergnügen davon? Positiv in nichts. Es ist dem Geschmacke das, was dem Auge der Anblick einer Mauer, eines Ziegeldaches, eines Weidenstockes, was dem Ohr das Summen und Rauschen und Klimpern und Pfeifen, womit wir dasselbe unterhalten, was dem Gefühl Kratzen, Reiben und Druck. Wir können, ohne es zu wissen, stundenlang den Rauch einsaugen und ausblasen, wie wir, ohne es zu wissen, stundenlang eine Wand, eine Tür, einen Tisch im Auge haben, das ferne Rauschen des Wassers oder die Fußtritte auf der benachbarten Straße usw. hören, den Druck übereinandergelegter Glieder oder sanft gebissener Lippen usw. fühlen. Aber wenn wir's eine Zeitlang entbehren, so wird uns die Leere des Gefühls so lästig als lange Finsternis und öde Stille. Hiezu kommt noch, daß bei dieser Beschäftigung eines Sinnes mehrere mitbeschäftigt sind; der Geruch durch das, was von dem Rauch der Nase zuteil wird; das Auge durch die in tausenderlei Gestalt schwimmenden und wirbelnden und zerfließenden Wölkchen; selbst, wiewohl sehr schwach, das Ohr durch jene wiederholte Aufschnellung der Lippen und das Gefühl durch das Herumfahren der Pfeife in Hand und Mund.

Der allezeit vergnügte Tabakraucher

Im Frühling
's Bäumli blüeiht, und 's Brünnli springt.
Potz tausig los, wie 's Vögeli singt!
Me het si Freud und frohe Muet,
und 's Pfifli, nei, wie schmeckt's so guet!

Im Sommer
Volli Ähri, wo me goht,
Bäum voll Äpfel, wo me stoht!
Und es isch e Hitz und Gluet.
Eineweg schmeckt's Pfifli guet.

Im Herbst
Chönnt denn d'Welt no besser si?
Mit sim Trübel, mit sim Wi
stärkt der Herbst mi lustig Bluet,
und mi Pfifli schmeckt so guet.

Im Winter
Winterszit, schöni Zit!
Schnee uf alle Berge litt,
uffem Dach und uffem Huet.
Justement schmeckt 's Pfifli guet.

Kürze und Länge des Lebens

(Freie Übertragung von Vergils 7. Ekloge)

Dumpf ertönte vom hohen Turm das Trauergeläute,
Und der Leichengesang erscholl zum blumigen Hügel,
Wo Bathyll und Damötas, noch beide blühend dem
  Leben,
Beide kundig des Wechselgesanges, am Abhange
  saßen.
Dieser schaute jenen, der diesen schweigenden Blicks
  an,
Bis im stillen Verein, unaufgefordert vom andern,
Also Bathyll begann und also Damötas ihm folgte.

  Bathyll
Kurz ist dein Leben, o Mensch. In einem Jahrhundert
beginnt es,
und im nämlichen fällt's. Einst sah dort die grünende
  Eiche
Gustav Adolfs Heer, sieht jetzt des gallischen Cäsars
Siegende Fahnen wehn und harrt noch auf spätes
  Ereignis.

Damötas

Lang ist dein Leben, o Mensch. In einem lachenden
    Monat
Ward die Blume des Hains; der nämliche Monat
    begräbt sie.
Kinder des lachenden Jahrs, buntfarbige Sylphen, die
    Ähre
Keimt schon im zarten Gras, doch seht ihr nicht mehr
    die Ernte.

Bathyll

Kurz ist dein Leben, o Mensch. Im kühnen Busen
    entfaltet
Sich ein umfassender Plan. Der wollt' unsterbliche
    Lorbeer
Um die Schläfe sich winden, der Millionen sich häufen.
Kaum noch gekannt, entschlief der eine, dürftig der
    andre.

Damötas

Lang ist dein Leben, o Mensch. Bescheiden baut sich
    das Hüttchen
Hier eine fleißige Hand und ein genügendes Gärtchen.
Arm begann das junge Paar; es spendet das Alter
Reichen Segen des Fleißes den Kindern und blühenden
    Enkeln.

Bathyll

Kurz ist dein Leben, o Mensch. Bald ist der Becher der
    Freude
Ausgeschlürft. Es schwinden dahin die fröhlichen Tage
Unter Gesang und Tanz. Es schwinden die fröhlichen
    Nächte,
Wie die leichten Wolken ziehn am herbstlichen
    Himmel.

Damötas

Lang ist dein Leben, o Mensch. Ihr einsamen Stunden
    der Trauer
Träufelt in bittern Sekunden langsam vom Dasein
    hernieder.
Auf dem Krankenlager, im öden, stillen Gefängnis
Steht es drückend und schwer wie das Gewitter im
    Sommer.

Bathyll

Kurz ist dein Leben, o Mensch. Am Grabe wendet der
    Pilger
Ins Vergangne den Blick. Ach, über öde Gefilde,
Über verwelkte Blumen, nur wenige waren's und arme
Sieht er, schon nahe dem Grabe, noch stehn die
    verlassene Wiege.

Damötas

Lang ist dein Leben, o Mensch. Entsteigt der Säugling
    der Wiege,
Welche Bahnen vor ihm! Es wallt der ahnende Knabe
Blühende Höhen hinan. Weit dehnt sich dort sein
    Gesichtskreis;
Neues öffnet sich ihm, und ins Unendliche geht er.

Also sangen die Freunde. Es rauscht in dem nahen
    Gebüsche.
Aus dem Gebüsche trat mit heiteren Blicken
    Euphronos:
»Lieblich wie das Wiegen der Wipfel im Hauche des
    Zephyrs
War mir euer Gesang. Ja, kurz, ja lang ist das Leben.
Söhne, genießet es nur! O Söhne, nützet es weise!
Der hat lange gelebt, der froh und weise gelebt hat!«

Brief an Gustave Fecht

10. Mai [1812] früh 8

Liebe Freundinn!

Ihr leztes Brieflein hat mir viel Trost gebracht. Sey Ihnen und dem lieben Gott bestens dafür gedankt. Es war mir sehr bange darauf. Ich wagte es nicht zu öffnen, biß ich ihm außen anzusehen glaubte, daß nichts Schlimmes darinn stehe, weil es so ordentlich zusammengelegt und überschrieben war. Gott gebe, daß es sich unterdessen noch recht sehr gebessert habe, und alle die Besorgnisse verschwunden seyen. Sagen Sie Ihrer guten Schwester, daß ich den herzlichsten Antheil nehme und mit Ihnen nichts mehr als ihre baldige völlige Genesung wünsche.

Was Sie mir über Ihre Gefühle schreiben, begreife und kenne ich wohl. Es ist schwer und schmerzhaft, sich an den Verlust einer Person zu gewöhnen, die man so sehr liebte, an die man so sehr gewöhnt war. Man lebt noch in einer Art von Täuschung mit ihr fort, und iede neue Erinnerung, daß sie nicht mehr da sey, ist ein neuer Schmerz über den Verlust. Der erste schneidende Schmerz der Trennung ist fast leichter zu ertragen, als das Vermissen und die zehrende Sehnsucht, die nachfolgt, bis man sich daran gewöhnt hat. Aber es gibt nur ein Mittel dieses Schmerzes überhoben zu seyn, wenn uns Gott die Eltern so lange leben läßt, bis sie uns durch

Alter, Wunderlichkeit und Zerfall der körperlichen und Geisteskräfte selber lästig werden und ihr Verlust uns gleichgültig, ia tröstlich wird. Aber diesen Trost hätte ich Ihnen nie wünschen mögen. Es ist besser, man trenne sich mit Schmerz, als mit Gleichgültigkeit von denen, denen man so viel schuldig ist, besser, dem Andenken der Heimgegangenen Liebe und Dank mit Schmerz zu opfern, als gar nicht. Ich wünsche nicht, daß meine Mutter so lange gelebt hätte, biß ich ihr den Tod hätte wünschen müssen. Anfänglich war sie mir noch so lieb, daß es leicht gewesen wäre, mich katholisch zu machen, nur damit ich noch für sie hätte beten, oder gar sie anbeten können. Nachher vergaß ich sie während der leichtsinnigen und flüchtigen Jugend auf viele Jahre. Nachher kam sie wieder zu mir, und brachte mir für lange Zeit viel Schmerz und Freude mit. Es ist gerade heute der Tag, wo ich lebhafter iährlich ihr Andenken begehe, denn ich thue es nicht mehr an ihrem Todestag sondern an meinem Geburtstag. Denn die Sehnsucht ist von mir gewichen und nur die Liebe übrig geblieben, weil ich mir über iene keine Rechenschaft mehr zu geben wüßte, da sie iezt 86 Jahr alt wäre. Bey Ihnen werden diese angenehmen und lieben Gefühle der Erinnerung ohne Schmerz viel früher kommen, weil Sie die Ihrige viel später verlohren haben.

Ich bin nun nur besorgt wegen der Folgen, die beide Krankheiten und die Leiden Ihres Gemüthes für Ihre Gesundheit haben könnten. Mäßigen Sie sich ia, so gut

Sie können, auch in den Geschäften. Ich weiß daß Sie mehr thun, als die Ihrigen von Ihnen verlangen und Ihnen zumuthen. Man kann auch mit Vorsicht und Eintheilung viel thun, was den Zweck erreicht und weniger schadet, als wenn man sich zuviel auf einmal zumuthet und in der Anstrengung sich vergißt. Ich dachte darauf, Sie während der Pfingstferien auf ein paar Tage zu besuchen. Aber es ist nicht zu machen, zumal da uns ohnehin 2 Lehrer fehlen und der Weg ist gar zu weit. Meine herzlichen Grüße den lieben Ihrigen.

Ewig Ihr Fr. H.

Brief an Sophie Haufe

[30. Januar 1823]

Sie haben schon viele schmerzhafte Erfahrungen gemacht. Aber auch diese haben das gute, eben daß sie
Erfahrungen sind, das heißt Lehrerinnen. Wir sind noch
immer in der lieben Schule. Ich will einmal, wenigstens
als Ihr älterer Mitschüler ihr Dollmetscher seyn. Fahren
Sie fort mit Wohlwollen und Liebe zu umfassen, was
Sie erreichen können, Frieden, Freude, Liebe, wie einen
Lichtglanz um sich zu verbreiten, aber fangen Sie an
gefaßt zu seyn zum Voraus auf fehlgeschlagene Hoff-
nungen, nicht zu viel von der Welt zu verlangen, die so
wenig hat, glücklich genug zu seyn in der Gegenliebe
deren, die Sie Ihrer Liebe werth gefunden haben. Ihnen
dürfen wir so etwas zumuthen nemlich die Erfahrungen
und ich. Schonen Sie Ihre Gesundheit, an der sich Ihr
Gatte und Ihre Kinder sonnen – ich auch. Es ist unver-
meidlich, aber darum nicht die glücklichste Operation,
daß der Mensch sein untheilbarstes, sein Ich in zwei
Theile Seele und Leib oder Geist und Körper getheilt
hat, die doch irgendwo, ich weiß nicht wo eins sind,
und erst am Ende sich in zwei scheiden, wie reife Frucht
und ausgetrocknete Schale. Sie bedürfen stärkende Lek-
türe. Ich empfehle Ihnen Geschichte.

Trost

Bald denki, 's isch e bösi Zit,
und weger 's End isch nümme wit;
bald denki wieder: loß es goh,
wenn's gnueg isch, wird's scho anderst cho.
Doch wenni näumen ane gang
un 's tönt mer Lied und Vogelgsang,
so meini fast, i hör e Stimm:
»Bis z'fride! 's isch jo nit so schlimm.«

Ewigkeit

Es gibt für mich keine eingreifendere Versinnlichung der Ewigkeit als das Stillstehen einer Uhr, wo es ewig z. B. dreiviertel auf neun bleibt.

Unverhofftes Wiedersehen

In Falun in Schweden küßte vor guten fünfzig Jahren und mehr ein junger Bergmann seine junge hübsche Braut und sagte zu ihr: »Auf Sankt Luciä wird unsere Liebe von des Priesters Hand gesegnet. Dann sind wir Mann und Weib, und bauen uns ein eigenes Nestlein.« – »und Friede und Liebe soll darin wohnen«, sagte die schöne Braut mit holdem Lächeln, dann du bist mein Einziges und Alles, und ohne dich möchte ich lieber im Grab sein, als an einem andern Ort. Als sie aber vor St. Luciä der Pfarrer zum zweitenmal in der Kirche ausgerufen hatte: »So nun jemand Hindernis wüßte anzuzeigen, warum diese Personen nicht möchten ehelich zusammenkommen.« Da meldete sich der Tod. Denn als der Jüngling den andern Morgen in seiner schwarzen Bergmannskleidung an ihrem Haus vorbeiging, der Bergmann hat sein Totenkleid immer an, da klopfte er zwar noch einmal an ihrem Fenster, und sagte ihr guten Morgen, aber keinen guten Abend mehr. Er kam nimmer aus dem Bergwerk zurück, und sie saumte vergeblich selbigen Morgen ein schwarzes Halstuch mit rotem Rand für ihn zum Hochzeittag, sondern als er nimmer kam, legte sie es weg, und weinte um ihn und vergaß ihn nie. Unterdessen wurde die Stadt Lissabon in Portugal durch ein Erdbeben zerstört, und der siebenjährige Krieg ging vorüber, und Kaiser Franz der erste starb, und der Jesuiten-Orden wurde aufgehoben und Polen

geteilt, und die Kaiserin Maria Theresia starb, und der
Struensee wurde hingerichtet, Amerika wurde frei, und
die vereinigte französische und spanische Macht konnte
Gibraltar nicht erobern. Die Türken schlossen den General Stein in der Veteraner Höhle in Ungarn ein, und
der Kaiser Joseph starb auch. Der König Gustav von
Schweden eroberte russisch Finnland, und die französische Revolution und der lange Krieg fing an, und der
Kaiser Leopold der zweite ging auch ins Grab. Napole-
on eroberte Preußen, und die Engländer bombardierten
Koppenhagen, und die Ackerleute säeten und schnitten.
Der Müller mahlte, und die Schmiede hämmerten, und
die Bergleute gruben nach den Metalladern in ihrer un-
terirdischen Werkstatt. Als aber die Bergleute in Falun
im Jahr 1809 etwas vor oder nach Johannis zwischen
zwei Schachten eine Öffnung durchgraben wollten,
gute dreihundert Ehlen tief unter dem Boden gruben sie
aus dem Schutt und Vitriolwasser den Leichnam eines
Jünglings heraus, der ganz mit Eisenvitriol durchdrungen, sonst aber unverwest und unverändert war, also
daß man seine Gesichtszüge und sein Alter noch völlig erkennen konnte, als wenn er erst vor einer Stunde
gestorben, oder ein wenig eingeschlafen wäre, an der
Arbeit. Als man ihn aber zu Tag ausgefördert hatte, Vater und Mutter, Gefreunde und Bekannte waren schon
lange tot, kein Mensch wollte den schlafenden Jüngling
kennen oder etwas von seinem Unglück wissen, bis die
ehemalige Verlobte des Bergmanns kam, der eines Tages

auf die Schicht gegangen war und nimmer zurückkehrte. Grau und zusammengeschrumpft kam sie an einer Krücke an den Platz und erkannte ihren Bräutigam; und mehr mit freudigem Entzücken als mit Schmerz sank sie auf die geliebte Leiche nieder, und erst als sie sich von einer langen heftigen Bewegung des Gemüts erholt hatte, »es ist mein Verlobter«, sagte sie endlich, um den ich fünfzig Jahre lang getrauert hatte, und den mich Gott noch einmal sehen läßt vor meinem Ende. Acht Tage vor der Hochzeit ist er auf die Grube gegangen und nimmer gekommen. Da wurden die Gemüter aller Umstehenden von Wehmut und Tränen ergriffen, als sie sahen die ehemalige Braut jetzt in der Gestalt des hingewelkten kraftlosen Alters und den Bräutigam noch in seiner jugendlichen Schöne, und wie in ihrer Brust nach 50 Jahren die Flamme der jugendlichen Liebe noch einmal erwachte; aber er öffnete den Mund nimmer zum Lächeln oder die Augen zum Wiedererkennen; und wie sie ihn endlich von den Bergleuten in ihr Stüblein tragen ließ, als die einzige, die ihm angehöre, und ein Recht an ihn habe, bis sein Grab gerüstet sei auf dem Kirchhof. Den andern Tag, als das Grab gerüstet war auf dem Kirchhof und ihn die Bergleute holten, legte sie ihm das schwarzseidene Halstuch mit roten Streifen um, und begleitete ihn in ihrem Sonntagsgewand, als wenn es ihr Hochzeittag und nicht der Tag seiner Beerdigung wäre. Denn als man ihn auf dem Kirchhof ins Grab legte, sagte sie: »Schlafe nun wohl, noch einen

Tag oder zehen im kühlen Hochzeitbett, und laß dir die
Zeit nicht lange werden. Ich habe nur noch wenig zu
tun, und komme bald, und bald wirds wieder Tag. – Was
die Erde einmal wieder gegeben hat, wird sie zum zweitenmal auch nicht behalten«, sagte sie, als sie fortging,
und noch einmal umschaute.

Nachwort

Johann Peter Hebel, der die sozialen Verhältnisse seiner Leser aus eigener Anschauung kannte, setzte mit seinen »Alemannischen Gedichten«, seinem »Rheinländischen Hausfreund« und seinen »Biblischen Geschichten« das um, was seiner avancierten Volksaufklärung und Populärästhetik entsprechen sollte. Als unerlässlich in dieser Hinsicht betrachtete er die Kunst der kurzen Prosa. Dem »Schatzkästlein«, einer Sammlung von Kalendergeschichten (1811), das ihn zum bekanntesten deutschen Erzähler weit über das 19. Jahrhundert hinaus machte, verdankte er seinen Ruhm als ein Klassiker der deutschen Sprache. Raffiniert erzählte Geschichten, seine Kunst des »Weniger ist mehr«, sein humaner Ton: sie sind der Grund, warum sich nicht nur die großen Erzähler des 20. Jahrhunderts, von Franz Kafka und Bertolt Brecht bis zu Elias Canetti und Botho Strauß, auf Hebel berufen haben, sondern auch die Philosophen Ernst Bloch, Walter Benjamin und Martin Heidegger. Hebels Werk, schrieb Walter Benjamin, sei von einer »Welt- und Geistesweite wie wohl kein zweites der Gattung seit dem Ende des Mittelalters«.

Neu, und heute immer noch hochaktuell, war vor allem die Art und Weise, wie Hebel seine Leser zum autonomen Denken anregte. Sein Konzept des Dialogs mit dem Leser ist eine rhetorische Leistung, für die er nicht genug bewundert werden kann. Für ihn war der

Leser ein selbstständiges Individuum und von daher für seine moralischen Entscheidungen, wie im Extremen zum Beispiel in der Geschichte »Der Wasserträger«, selbst verantwortlich.

Der vorliegende Band zeigt erstmals sämtliche Facetten des »badischen Konfuzius«. In den Gedichten, Kalendergeschichten, Briefen, Aufsätzen, Biblischen Erzählungen und bisher unveröffentlichten Texten findet der Leser exemplarische Beispiele von Hebels ganz eigener Intention, ethische Lebenshaltungen zu vermitteln.

»Nichts ist angenehmer als der Contrast«, schrieb Hebel seinem Freund Gottlieb Bernhard Fecht, dem aus Kork bei Kehl stammenden Dekan und Abgeordneten des badischen Ständehauses. Aus diesem Grunde platzierte er im badischen Kalender, aber auch in den »Biblischen Geschichten« seine Beiträge so, dass sie sich jeweils gegenseitig erklären. Der vorliegende Band orientiert sich an diesem dialektischen Prinzip; die Texte sind so angeordnet, dass sie sich gegenseitig spiegeln.

Ebenfalls übernommen wurde Hebels Prinzip des kaleidoskopischen Denkens. Es geht gewissermaßen zu wie in einem Wirtshaus, in dem sich »bekannte und unbekannte Menschen, Vornehme und Mittelmäßige, ehrliche Leute und Spitzbuben, wie überall«, treffen. Worauf es ankommt – hier, wie im wirklichen Leben –, sind Schlauheit, Witz, Verstand.

Sich des eigenen Verstandes bedienen, die Vernunft

gebrauchen, »meisterlos«, das heißt mündig werden –
das war für den Aufklärer Hebel das A und O: »Alle
Gelegenheit, glücklich zu werden, hilft nichts, wer den
Verstand nicht hat, sie zu benutzen«, heißt es am Ende
des Märchens von den »Drei Wünschen«.

Die Auswahl des vorliegenden Bandes versucht
eine Antwort abseits der heute überlebten konventio-
nellen Denkweisen. Es geht um die Frage nach dem
»rechten Leben«. Mit Verstand glücklich werden hieß
ja für Hebel schlichtweg nichts anderes als die Kunst,
die Lebenskräfte durch eine Vergegenwärtigung des
Todes zu stärken. Gleichberechtigt neben der »ars mo-
riendi« findet der Leser zahlreiche Aufforderungen zur
»ars vivendi«, deren Horizont die Gelassenheit und die
Zufriedenheit mit sich und der Welt bilden.

In Opposition zu einer globalisierten Welt, in der
die Weltzeit die individuelle Lebenszeit verschlingt
und ein autistischer Hedonismus Vorrang vor einer frei-
willigen »Mäßigung« hat, plädierte Hebel mit seinen
»Handorakeln der Lebensklugheit für kleine Leute«,
wie Ernst Bloch einmal bemerkte, dafür, gegen die mo-
derne Beschleunigung retardierende Elemente zur Gel-
tung zu bringen. Weil alles seine Zeit hat, muss man, so
Hebel, beides können. Sowohl sich um die Zukunft sorgen als auch sorglos in der Gegenwart leben. Arbeiten,
aber auch ab und zu etwas Vagabundisches ins Leben
mischen. Das Wichtigste dabei: Man darf seinen Hu-
mor und seine Heiterkeit nicht verlieren! Es allen recht

123

zu machen, wie der Vater und der Sohn im »Seltsamen Spazierritt«, kann nicht gelingen.

Zu Hebels »Konservatismus«, der grundsätzlich auf Distanz zu ideologischen Zielsetzungen ging, gehörte seine tolerante Geisteshaltung, wie in dem Aufsatz »Die Juden«, einem für seine Zeit extrem seltenen Dokument. Er hatte eine entschiedene Vorstellung von humanen Zuständen. Sein politisches Vorbild war die bürgerlich-republikanische Schweiz, in die er drei große Reisen unternahm.

Eindeutig Position bezog Hebel auch, wenn es um das einzelne Individuum als moralisches Wesen ging. Als Neologe, also als ein Vertreter der Verknüpfung von Glaube und Verstand, setzte er sich für ein aktives, tätiges Christentum ein. Die »sittliche Seite der Religion« war ihm, so notierte es sein Biograf und Freund Christoph Friedrich Kölle, »unendlich mehr wert als die dogmatische«. Ganz in diesem Sinne exzerpierte Hebel aus der Gothaer Gelehrten Zeitung den Theologen Johann Konrad Dippel, der als Erster den Ausdruck »aufgeklärt« in die Literatur eingebracht und zahlreiche Schriften gegen die Orthodoxie verfasst hatte: »Närrisch sei es zu glauben, Gott mache keinen selig bis er ihn orthodox gemacht habe. Es sei nirgends geboten und könne nicht geboten sein, recht zu meinen, sondern recht zu tun. Selig der dieses tue, er sei Jude, Türk, Heid oder Christ.«

Zu dieser Ausgabe

»Abendlied, wenn man aus dem Wirtshaus geht«; »Der allezeit vergnügte Tabakraucher«; »Ewigkeit«; »Freude in Ehren«; »Geister und Gespenster«; »Das Glück des Weisen«; »In das Stammbuch von Frau Hendel-Schütz«; »Die Juden«; »Kürze und Länge des Lebens«; »Neujahrslied«; »Vom Tabakrauchen«; »Trost« aus: Johann Peter Hebel, *Werke*, hg. von Wilhelm Altwegg, 2 Bde., Zürich/Freiburg im Breisgau 1958.

»Alles geht leichter«; »Betrachtung über ein Vogelnest«; »Dankbarkeit«; »Der kann Deutsch«; »Drei Wünsche«; »Ein Narr fragt viel«; »Glimpf geht über Schimpf«; »Glück und Unglück«; »Kannitverstan«; »Man muß mit den Wölfen heulen«; »Missverstand«; »Mittel zu einem ehrlichen Auskommen«; »Moses Mendelson«; »Seltsamer Spazierritt«; »Der silberne Löffel«; »Suwarov«; »Unverhofftes Wiedersehen«; »Der Wasserträger«; »Wie der Zundelfrieder eines Tages aus dem Zuchthaus entwich und glücklich über die Grenzen kam« aus: *Der Rheinländische Hausfreund oder Neuer Kalender*, Karlsruhe 1807–1812, Lahr 1813–1815.

Brief an Gottlieb Bernhard Fecht; Briefe an Gustave
Fecht; Brief an Gottlieb und Sophie Haufe; Brief an Sophie Haufe aus: Johann Peter Hebel, *Briefe*, ausgewählt
und hg. von Wilhelm Zentner, Karlsruhe 1957.

»Denkwürdigkeiten aus dem Morgenlande«; »Einmal ist
Keinmal«; »Über die Verbreitung der Pflanzen«; »Das
wohlfeile Mittagessen«; »Zum Erwerben eines Glücks
gehört Fleiß und Geduld« aus: *Kurfürstlich gnädigst privi-
legierter Landkalender für die badische Markgrafschaft lutherischen
Anteils*, Karlsruhe 1803–1806.

»Dippel« und »Geselligkeit« aus: *Exzerpthefte*, Badische
Landesbibliothek Karlsruhe (H84).

»Der kürzeste Weg zum Reichtum« aus: *Johann Peter
Hebels Stilbuch*, hg. und erläutert von Gertrud Staffhorst,
in: *400 Jahre Gymnasium. Illustrierte Festschrift des Bismarck-
Gymnasiums*, Karlsruhe 1986.

»Von dem barmherzigen Samariter« aus: *Biblische Geschichten. Für die Jugend bearbeitet*, Stuttgart/Tübingen
1824.

»Tagebuch der Schweizerreise« aus: *Neue Zürcher Zeitung*,
23./25. und 28. Juni 1900.

»Über Gedichte von J. H. Voss« aus: *Exzerpthefte*, Badische Landesbibliothek Karlsruhe (H85).

»Weniger glückliche Umstände können leicht Argwohn erregen« aus: Wilhelm Kühlmann, *Facetten der Aufklärung in Baden. Johann Peter Hebel und die Karlsruher Lateinische Gesellschaft*, Freiburg im Breisgau 2009.

»Wir können vieler Ding' entbehren« aus: *Stammbuch*, Badische Landesbibliothek Karlsruhe (Don Hs 909).

Die Texte aus dem *Rheinländischen Hausfreund* und dem *Kurfürstlich gnädigst privilegierten Landkalender* folgen den Erstdrucken und wurden in der Orthografie behutsam modernisiert.

Die Herausgeber

Hansgeorg Schmidt-Bergmann,
geb. 1956, lehrt Literaturwissenschaft an der Universität Karlsruhe. Er wurde mit einer Arbeit über den österreichischen Lyriker Nikolaus Lenau promoviert und mit einer Untersuchung über den Berliner Expressionismus habilitiert. Herausgeber der Schriften Hugo von Hofmannsthals und Arthur Schnitzlers im Frankfurter Insel-Verlag. Gastprofessuren in Bratislava, Marburg, Wien und Paderborn. Seit 1998 ist er Geschäftsführender Vorsitzender der Literarischen Gesellschaft/Scheffelbund, der mit mehr als 6000 Mitgliedern größten literarischen Vereinigung im deutschsprachigen Raum, und Leiter des Museums für Literatur am Oberrhein. Herausgeber der Zeitschrift *allmende. Zeitschrift für Literatur*. Zuletzt erschien in zweiter Auflage »Futurismus. Geschichte, Ästhetik, Dokumente« in *rowohlts enzyklopädie* (2009).

Franz Littmann,
geb. 1948 in Durmersheim, studierte Philosophie, Soziologie und Pädagogik in Marburg und wurde bei Dietmar Kamper promoviert. Von ihm sind erschienen *Handorakel der Lebenskunst. Die Alemannischen Gedichte von Johann Peter Hebel* (2003) und *Johann Peter Hebel. Humanität und Lebensklugheit für jedermann* (2008). Franz Littmann lebt in Pforzheim.